LA INSTALACIÓN

LA INSTALACIÓN

David Jerónimo Mateos

www.egarbook.com

Primera edición: Septiembre 2016

©Todos los derechos de edición reservados.
Editorial Egarbook
www.egarbook.com

Autor: David Jerónimo Mateos.
Colección: Novela
Maquetación: ©Egarbook.
Portada: Marco Gómez Gómez.
Composición de cubierta: ©Juan Jordano

ISBN: 978-84-945903-2-0

IMPRESIÓN: Egarbook.

IMPRESO EN ESPAÑA

Dedicado a mi mujer Gema, y a mi hijo Alejandro.

Prólogo

Se estima que en el trascurso de la primera y segunda guerra mundial las filas de los combatientes superaron los treinta y dos millones de fallecidos. Un enorme porcentaje de las muertes, fueron a consecuencia de las enfermedades de la época tales como el Dengue, Difteria, Congelamiento, Disentería, Ictericia, Malaria, Pie de trinchera, Tétano, Tifus, Fiebre tifoidea o la Tularemia. Ese apartado traía de cabeza a los dictadores de los países involucrados en su afán de ganar mencionados conflictos, invirtiendo grandes cantidades de dinero apremiando a sus mejores científicos para que dieran con las vacunas de aquellas mortíferas afecciones. Sabían que el primero que lo consiguiera no solo ganaría la guerra, también se haría con el tan ansiado poder mundial.

Capítulo 1

El comienzo

La estación meteorológica había pronosticado que el fin de semana vendría acompañado de cielos despejados y temperaturas moderadas. No obstante cuando el crepúsculo hacía su aparición el clima descendía varios grados. Esa gélida atmosfera se mantenía hasta que el astro rey volvía a emerger por su fiel punto cardinal. Así que con tal predicción se presentaban unos días propicios para hacer una escapada a la montaña y practicar cualquiera de las diversas actividades que ofrece la naturaleza.

Y eso era justo lo que tenían pensado hacer Lucía y Alberto, una joven pareja que llevaba saliendo alrededor de cinco años. Vivían de alquiler en un céntrico apartamento situado en la capital. Ambos prestaban sus servicios laborables en la misma empresa de transportes internacionales donde se conocieron. El primer encuentro entre ambos no empezó con buen pie por la torpeza del hombre al sacar un café y la cercanía del vestido de ella, suceso que no presagiaba lo que al final acontecería tras la pertinente disculpa con cena incluida que la chica aceptó tras la insistencia del varón.

El evento culinario se celebró en un prestigio restaurante italiano donde degustaron los platos típicos de aquel país transalpino, compuesto el menú de una ensalada caprese, un Carpaccio, y de postre un delicioso queso burrata, todo ello acompañado de un majestuoso vino espumoso. Durante el desarrollo del acontecimiento, hablaron de muchos apartados en referencia a sus vidas. En dichos capítulos también surgieron sus desavenencias amorosas. Pero gracias al percance junto a la dispensadora de café barato y leche en polvo, el amor se fue fortaleciendo entre ellos con el paso del tiempo hasta tener una relación sólida, quedando en el completo olvido los desacuerdos afectuosos vividos en el pasado

No solo compartían el apartado laboral, el destino quiso también unirlos en la etapa que invertían en lo referente a su tiempo libre, ya que ambos eran grandes apasionados a toda actividad a la intemperie, siendo el senderismo el que ostentaba el primer puesto en el ranking. Tras una noche de preparativos y con los primeros rayos del alba, se pusieron en marcha junto a su mascota Darth, un magnifico ejemplar de pastor alemán de color negro con bordes café que Lucía le regalo en las primeras navidades que pasaron como pareja. Le pusieron ese nombre debido al fervor que tenía Alberto por la saga de ficción dirigida por el estadounidense George Lucas. Poseía integras las películas en su edición para coleccionistas y todas las figuras en sus cajas originales siendo su tesoro más preciado en aquel valioso muestrario. Cuando se embarcaban en una de sus excursiones se lo llevaban con ellos, siempre y cuando el lugar fuera apropiado.

Al no estar permitido el acceso con vehículos al interior de la montaña a excepción de los autorizados, tuvieron que dejar su utilitario como todos los demás excursionistas en la única zona habilitada para esas funciones. El lugar en cuestión era el parking que disponía la estación de esquí próxima a la cordillera elegida para sus quehaceres deportivos. Tuvieron suerte de encontrar una plaza al estar el complejo invernal en temporada alta. Haciendo efectivo el dicho: a quien madruga, Dios le ayuda.

No era la primera vez que visitaban aquel macizo, ya que se conocían muchos de sus recovecos de incursiones anteriores. Sin embargo en esta ocasión querían encontrar un lugar que les proporcionara algo de intimidad, localizando el escenario idóneo tras varias horas de caminata. El punto se hallaba en un pequeño descampado a unos quinientos metros del camino que iban siguiendo. Era un punto perfecto para lo que buscaban, apacible y lejos de posibles miradas indiscretas. Serían sobre las once de la mañana y los cálidos rayos del sol ya habían empezado a desempeñar su función proporcionando que el ambiente alcanzara una temperatura ideal. Una vez montada la tienda de campaña se echaron las mochilas a la espalda y regresaron a la senda a dar un primer paseo cuyo ejercicio era simplemente reconocer un poco la zona. Transitaban admirando el magnífico paisaje que le ofrecía aquella espléndida cordillera. Era un espacio de una inmensa riqueza natural donde todo aquel que se adentrara en su interior podía encontrar un amplio catálogo de fauna forestal en el que abundaban los pinos, robles, encinas y alcornoques. Cada cierto periodo hacían una parada ineludible para cautivarse del olor a libertad que se respiraba, atraídos por el sinfín de colores que ofrecían las hojas de los árboles, su inmenso cielo azul y con ello poder llenar sus pulmones de aquel aire purificado lejos de cualquier impureza.

Darth iba unos metros por detrás de sus dueños olisqueando el terreno sin parar de mover la cola a un ritmo frenético. Nada fuera de lo cotidiano que no hiciera cualquier otro can. Pero todo cambió en un instante ya que el animal repentinamente comenzó a excitarse más de lo que en él era frecuente. Parecía que su desarrollado olfato había descubierto algo fuera de lo común dentro de la diversidad de olores que desprendía la zona. La pareja al notar que el animal se quedaba rezagado, se volvieron hacía su mascota al reparar de tan extraño e insólito comportamiento. Alberto retrocedió unos metros en el instante que el perro se desvió del camino para perderse en el espeso y frondoso horizonte. Nada más desaparecer el hombre le llamó varias veces con contundencia y firmeza como les habían enseñado en los cursos recibidos sobre educación canina. El pastor alemán cautivado por un aroma imperceptible para el instinto humano, hizo caso omiso a las órdenes de su dueño, suceso que le fue insólito, ya que si ese canino tenía una virtud por encima de las demás, esa era la disciplina.

Angustiados por tal conducta se adentraron en el bosque sin obtener ningún rastro del animal hasta que le escucharon ladrar con intensidad. Avanzaron guiados por los ladridos para hallarlo frente a una pequeña concavidad. Ésta mediría un metro cincuenta de ancho por otro tanto de alto. Al ver el nivel de excitación que ofrecía, se acercaron con precaución para no alarmarlo más a la vez que susurraban su nombre. Cuando Alberto se aproximó lo suficiente creyendo que podría aferrarlo por el collar y así poner fin a aquella incómoda situación, el perro en un movimiento inesperado se adentró en el interior de la gruta. El hombre se lanzó desesperado en un intento por evitarlo consiguiendo únicamente darse de bruces contra el terreno rocoso. Una vez se recompuso de aquel revés se asomó para detectar que aquella cavidad desprendía un leve olor a descomposición. Esperaron varios minutos por si él animal salía por sí solo, concurriendo todo en una espera infructuosa. Alberto entonces cansado de aguardar, tomó la decisión de entrar. No sería una tarea complicada para él, puesto que no era la primera vez que accedía a un complejo subterráneo. Antes de conocer a Lucía fue un intrépido aficionado a la espeleología, disminuyendo su afición con el paso del tiempo.

Se despojó de la mochila extrayendo de ella una linterna y una navaja multiusos que siempre llevaba consigo cuando salía de expedición. Le plantó un beso a su novia en los labios y desapareció por el pequeño y húmedo hueco. Fue arrastrándose como si fuera un militar en maniobras unos diez metros por un angosto pasaje impregnándose del barro que se acumulaba en sus paredes, hasta salir a una cavidad mucho más amplia donde pudo erguirse un poco más, experimentando como se le rizaba el bello por el notorio descenso de la temperatura, al mismo tiempo que la pútrida emanación se acentuaba de tal de forma que llegaba a ser casi irrespirable. Dio unos pasos más cuando las fuertes arcadas le hicieron pensar con seriedad en desistir de la ocupación que la había llevado hasta ese punto. Dispuesto a darse la vuelta, volvió a sentir de nuevo al pastor alemán. En esta ocasión no ladraba. El sonido que le llegaba era el de unos gruñidos y por su nitidez parecían provenir cercanos. Entonces recordó que en unos de los bolsillos laterales de sus pantalones trekking, llevaba una prenda que le podía ser de ayuda para camuflar levemente la nauseabunda fetidez. De la faltriquera lateral sacó un pañuelo tipo buff de colores chillones y se lo colocó en el cuello alzando uno de sus extremos de tal modo que le tapaba ambos orificios respiratorios. Progresó otros tantos metros más alumbrando con la linterna, hasta localizar que era lo que provocaba tal hedor. Una docena de animales muertos yacían en un avanzado estado de descomposición. Sin embargo y para su confusión eso no fue lo que más llamó su atención. Lo que le desconcertó por completo floreció en la estridencia de un goteo descendiente de una tubería corroída. Se aproximó a ella y dejó que le cayeran un par de gotas sobre sus dedos pulgar e índice, palpando el inverosímil líquido. Tenía el tacto y el espesor de la sangre, de hecho si no fuera porque su color era negro intenso juraría que era esa sustancia.

Tenía la sensación de que todos esos animales hubieran fallecido al ingerir esa emulsión atraídos por el ruido del gotear creyendo que encontrarían el vital líquido para la vida. Sin ninguna duda la disonancia de la filtración más la suma de la emanación, fue el motivo de que su mascota descubriera aquel putrefacto escenario. Cualquier animal lo podría haber olido a kilómetros.

Lo que no le encajaba, si algo era coherente en tal situación, era que diablos hacía una tubería emergiendo de la tierra. No recordaba a ver visto ninguna clase de instalación en los planos cerca de la posición en la que se encontraban. Las únicas que tenía presente eran las de un camping y la de la estación de esquí, y ambas quedaban muy apartadas. Tras estar unos instantes ensimismado, el gruñir del can le hizo volver de sus pensamientos, dirigiendo el foco de la linterna un par de metros más adelante alumbrando el rabo encrespado y rígido del pastor alemán. La primera impresión que le dio fue que se estaba defendiendo del ataque de otro vertebrado. Eso le inquietó y decidió sacar su navaja. Acto seguido le llamó para obtener el mismo resultado que en ocasiones anteriores. Alberto harto de la situación se acercó a él para agarrarlo y sacarlo de una vez por todas de ese maldito lugar y poner fin a esa angustia, sin saber que la verdadera pesadilla estaba a punto de comenzar. Estiró el brazo y cuando su mano rozó el muslo del perro éste se giró exhibiendo sus afilados colmillos. Aquella imprevista oscilación provocó que Alberto pegara un respingo al ver el color de sus escleróticas. Estás habían cambiado de tonalidad, predominando ahora una intensa negrura.

Dentro de su desconcierto observó que tenía varias heridas en el morro producidas por lo que parecían ser pequeños mordiscos. A pesar del primer sobresalto miró con el rabillo del ojo para ver a qué le gruñía advirtiendo que se trataba de un pequeño zorro. La alimaña agonizaba entre la vida y la muerte comprobando con estupefacción una coincidencia con su perro. Ambos compartían esa inquietante visión. También pudo reparar que el astuto animal tenía una lesión en la pata producida por algún tipo de trampa. La sangre que brotaba de ella era de una coloración parduzca. Ese tipo de sustancia solo lo había visto una vez en su vida, y fue escasos segundos atrás goteando de aquel corrompido conducto. El mamífero entró en convulsión unos largos segundos para finalmente acabar como el resto de los animales que allí se congregaban. Las marcas en el hocico de su oponente indicaban que vendió cara su derrota. Darth entonces se centró en su próxima víctima, que no era otro que su dueño. La bestia se lanzó sobre Alberto como si fuera un completo desconocido asestándole un feroz mordisco. Sus imponentes colmillos se clavaron en la palma de su mano penetrando hasta tocar sus metacarpianos. El alarido que salió de la garganta del hombre fue de tal magnitud, que retumbó en todas las galerías de la oquedad, llegando también a los oídos de Lucía. El hombre contuvo en la medida de lo posible el intenso dolor y sin dudarlo se defendió con su navaja suiza incrustándosela en el pabellón ocular derecho del perro. Darth cayó de costado, momento que aprovechó para intentar huir. Comenzó arrastrarse mientras la herida le palpitaba al compás de su corazón, esperando que aquella fiera sumida en la rabia no se irguiera de nuevo y le volviera a embestir. En su viaje de vuelta se desmoronó varias veces como si aquel experimentado montañero fuera la primera vez que se adentraba en una caverna. Lucía tras oír el grito y con medio cuerpo dentro de la cavidad, empezó a llamarle muy alertada y nerviosa. Tras pasar unos largos e intensos minutos, pudo divisar la luz de la linterna como se aproximaba hacía su posición, y cuando la luminiscencia estuvo a menos de medio metro, le ayudó a salir agarrándolo por la camiseta, tirando de él. Alberto una vez fuera se despojó del pañuelo que le dificultaba ahora la respiración y lo dejó caer al terreno para acto seguido inhalar varias bocanadas de aire haciendo recordar un pez recién sacado del agua. Mientras recuperaba poco a poco el resuello, Lucía comenzó a interesarse por lo sucedido.

—¿Qué ha pasado ahí dentro? ¿Estás bien? ¿Dónde está Darth?

—le preguntaba alterada—. ¡Alberto dime algo por favor!

—¡Me ha mordido! ¡Ese jodido perro me ha mordido!

—¿Cómo que te ha mordido? Darth es inofensivo, jamás haría eso.

—¡¡Joder, mira!! —le gritó al mismo tiempo que le enseñaba la evidencia.

La mujer al ver por primera vez el aspecto del desgarro y elestado en la que se encontraba la articulación de su pareja, se llevó la mano a la boca en un intento de impedir evacuar el almuerzo. El miembro sangraba con abundancia por los orificios producidos y eso no parecía ser lo peor, ya que su sangre estaba empezando a coger una extraña tonalidad. La mujer se rehízo por el bien de su pareja y buscó en la mochila una camiseta interior que llevaba de repuesto. La rompió en varios trozos y logró hacerle un vendaje de primeros auxilios. La inmaculada prenda empezó a teñirse del color de aquella sustancia con rapidez. Lucía retornó sobre la bolsa y sacó su teléfono móvil para pedir ayuda, reparando con impotencia que aquella acción sería inútil por la inexistente cobertura del aparato. Nerviosa y frustrada volvió a centrar toda su atención en el estado físico de Alberto que había empeorado bastante haciéndose visible en la traspiración de sus poros, la palidez de su rostro y una respiración apática. Con un tremendo esfuerzo logró ponerlo en pie. Para llegar hasta la embocadura de la cueva tuvieron que descender un escarpado terreno. Ascensión que se convirtió en una odisea para Lucía sufriendo un tremendo latigazo en los riñones que le hizo doblegarse por unos instantes al cargar con la mayor parte del peso del hombre. Una vez llegaron al camino el trabajo se suavizó en consideración y con ello su dolencia. En el trascurso de vuelta a la tienda, Alberto le contó a duras penas lo sucedido, sin poder dar crédito a las palabras que salían de su boca. A escasos metros de llegar a su destino se desplomó forjando que el intento de la joven por evitarlo fuera inútil. Aun así, con las escasas fuerzas que le quedaban, consiguió arrastrar su cuerpo hasta introducirlo en el refugio de lona impermeable. Le retiró el vendaje del que no quedaba ningún indicio de que esa camiseta hubiera sido en algún momento blanca. Las heridas se habían agravado bastante desde la primera vez que las vio, descartando el cargar con él hasta la estación de esquí por su lejanía, optando por coger el teléfono móvil y buscar algún punto más elevado con la intención de conseguir algo de señal, concurriendo todo en una infructuosa segunda intentona.

Con una enorme sensación de ansiedad regresó sobre sus pasos cuando el corazón le dio vuelco según se aproximaba. Alberto estaba fuera de la tienda de rodillas dándole la espalda. La mujer avanzó hacía su posición al acorde que le iba hablando en un tono suave y sutil para que éste notara su presencia. Alberto solo se inmutó cuando percibió sus pasos a escaso metro y medio de su posición, volteando la cabeza hacía ella. Lucía quedó paralizada al ver el inquietante cambio que había sufrido. Sus ojos estaban sumidos en las tinieblas. Todas las venas del mismo color que sus globos oculares eran visibles debido a su inflamación. La expresión de agresividad que reflejaba sus facciones era inusual de ver prácticamente en ningún humano y más en él, puesto que era un hombre que destacaba por su nobleza. Aquella persona murió justo en el preciso santiamén que recibió la agresión por la que en un tiempo atrás fue una mascota fiel y sumisa. El hombre sin reconocer a quien tenía delante, se abalanzó sobre la mujer haciéndola caer contra el terreno de espaldas, para percibir acto seguido como los colmillos de su pareja sentimental penetraban sobre su cuello sintiendo una enorme sensación de quemazón que le recorrió cada rincón de su ser. Un torrente de sangre emanó de su yugular al apartarse el agresor. Lucía instintivamente se llevó la mano para taponarse la herida filtrándosele el abundante fluido escarlata entre las ranuras de los dedos, otorgando el protagonismo a la hemoglobina que se adueñó del escenario. Alberto una vez la atacó, y para asombro de la joven no volvió arremeter contra ella. La mujer todavía consciente se arrastró como pudo con la ayuda de su extremidad libre incorporándose al poner unos metros de distancia, y presa del pánico corrió al interior del bosque para desaparecer entre la espesura forestal.

Capítulo 2
El accidente

Frank, Jorge y Adrián eran tres jóvenes universitarios amigos desde la infancia. Habían llegado a la estación de esquí a primera hora de la mañana hospedándose en uno de los hoteles que el complejo invernal poseía, tras haber realizado las reservas por internet con la suficiente antelación, y así asegurarse su alojamiento.

El grupo de colegas tenían edades similares comprendidas entre los veintiuno y veintitrés años, obteniendo Frank el mayor número de primaveras al cumplir hace unas semanas la última suma. Era estudiante de química, aunque al principio de entrar en la universidad se matriculo en medicina con Adrián, tomando la decisión de cambiar de carrera apenas avanzado el curso. A parte de ser el más veterano también era el más alto del grupo, estatura que conjuntaba con una trabajada figura atlética, gracias al sacrificio que hacía día sí y otro también al término de las clases invirtiendo un par de horas levantando pesas, concluyendo su jornada deportiva, dando una sesión como monitor de ciclo indoor en el gimnasio de la universidad. Un fin de semana al mes solía ir a practicar otra de sus muchas aficiones, el Airsoft. Actividad que consiste en recrear juegos de guerra con réplicas exactas de infinidad de armamento. Destacaba por ser un chico extrovertido y con grandes dotes para el liderazgo. Un primo de su madre era sargento primero de la marina en la reserva, que siempre que coincidían en alguna reunión familiar le decía que atesoraba las aptitudes necesarias para haber sido un excelente militar. Tanto él como su hermana Gema no se tenían que preocupar por pagarse los estudios ya que éstos se los sufragaban sus progenitores. Eran una familia con un gran poder adquisitivo que aumentó al recibir su padre una cuantiosa herencia.

Jorge, cursaba historia y era el más corpulento de los tres al complementar con proteínas sus ejercicios en el local de pesas. Vivía con su madre separada apenas él hubo cumplido los ocho años. Al principio del divorcio el padre le visitaba cada quince días pasándole la manutención puntualmente cada mes. Pero eso duró poco tiempo ya que el progenitor de un día para otro desapareció de su vida sin volver a saber nunca más de su paradero. Este hecho le marco la infancia y le hizo mantener cierta desconfianza con las otras parejas sentimentales que tuvo su madre. Tenía un hermano menor, Álvaro, un caso perdido. De nada servían los consejos que le daban para reconducir su vida, pues parecía que por un oído le entraba y por el otro le salía. La última noticia que tenia de él fue que también iba a ir a pasar el fin de semana a aquel macizo, aunque con motivos totalmente diferentes a los suyos.

Jorge no gozaba de la suerte de Frank en lo relacionado al poder adquisitivo, por lo tanto para sufragarse las clases, tenía que ir los meses de verano al bar que regentaba su tío en una zona costera, circunstancia que también aprovechaba para sacar sus dotes de playboy y ligarse algunas guiris. Un par de chupitos por parte de la casa, cuatro frases bonitas y ya tenía plan para esa noche una vez finalizada su jornada laboral.

Adrián era el más joven de los tres, sin tener que envidiar nada a sus amigos en lo referente al apartado físico al compartir las mismas aficiones. Era hijo único y siempre había llevado una vida cómoda donde se le permitieron todos los caprichos de un niño. No obstante eso no fue impedimento para recibir una educación ejemplar. Empezó a cooperar con apenas catorce años en la organización benéfica que dirigía su madre cuya función era la de ayudar a los más desfavorecidos. Éste a diferencia de Frank, sí continuó con los estudios de medicina siendo uno de los alumnos más avanzados de la clase. Había heredado las cualidades de su padre: un prestigioso y reconocido cirujano especializado en trasplantes de corazón. Adrián accedió a la universidad gracias a una beca de estudios.

Tras finalizar el curso con excelentes notas, decidieron coger sus bicicletas de montaña y pasar el fin de semana disfrutando de tan apasionante actividad. Llevaban un par de horas recreándose de los paisajes que ofrecía el espléndido macizo cubierto en sus crestas más altas de un bello manto blanco. Marchaban con un numeroso grupo siguiendo una ruta que organizaba el hotel. Era un itinerario más bien turístico, nada de piques como a ellos les gustaba para ver quien subía o bajaba las diversas rampas que se iban encontrando más rápido. Esa parsimonia en el pedaleo, empezó a serles monótona y aburrida aprovechando un despiste de la organización para hacer su propia travesía. El camino ancho de terreno factible, ofrecía diversidad de sendas a ambos lados, así que se desviaron por una de ellas empezando a disfrutar con esa decisión de sus desniveles de mayor técnica.

Al cabo de unas horas la determinación de abandonar el aburrido recorrido, sumado a la eventualidad de no conocer el medio, tuvo dos consecuencias negativas: la desorientación y que la noche se les estaba echando encima.

—¡Hey chavales! —gritó Jorge llamando la atención de sus compañeros de aventuras.

Adrián y Frank que iban unos metros más adelantados se detuvieron al escucharle.

—Todo esto ha estado de puta madre ¿Pero alguno sabe dónde carajos estamos?

La noche era el menor de sus problemas siempre y cuando llegaran al hotel antes de que se les agotasen las baterías de los focos de iluminación que llevaban en sus mochilas. Pero que no supieran en que punto de la montaña se encontraban, eso sí suponía un verdadero inconveniente.

—¿Alguien sabe cómo volver? Con tantas desviaciones estoy más perdido que un trekkie en una conferencia de Star Wars —les volvió a decir Jorge provocando las carcajadas en sus amigos con tal comentario.

—Vamos a bajar por esta senda, tiene que haber algún camino cerca, desde el que nos será más fácil orientarnos —propuso Adrián.

Sin mucho tiempo para discutir cuál era la opción más favorable, hicieron lo propuesto por el estudiante de medicina. La senda por la que tenían que descender era la más inclinada y técnica de todas las que habían franqueado. Frank y Adrián se lanzaron por ella dejando esta vez su vena competitiva fuera. Jorge lo hizo poco después tras ingerir una barrita energética de muesli con albaricoque y yogurt. Engulló el último pedazo y se guardó el envoltorio en su maillot para mantener el ecosistema limpio, e hizo lo propio que sus compañeros.

Descendía sin mayores complicaciones, lo que instó a que se confiara y cometiera un error al llegar a una zona empedrada. La rueda delantera golpeó con fuerza contra una enorme roca, suceso que provocó que perdiera el control de la bicicleta. De nada sirvió su intento desesperado por mantener la estabilidad ya que salió despedido por encima del manillar en una desenfrenada caída colina abajo, llevándose más de un golpe con los árboles que se iba encontrando a su paso, deteniéndose finalmente en un pequeño claro. Dolorido y lleno de rasguños por todo el cuerpo se retorció sobre el terreno. Movimientos que causó que la superficie donde había aterrizado empezara a quebrarse. Al sentir aquella disonancia aguantó sus molestias e intentó permanecer inmóvil para no ser engullido. Exhaló un par de veces creyendo que había pasado lo peor, y cuando se disponía a volver a llenar sus pulmones para pedir ayuda, oyó como crujían unas ramas. Desvió la mirada hacía la proveniencia del ruido localizando su bicicleta enganchada en la copa de un árbol. Un chasquido más fuerte y prolongado ocasionó que la bici se descolgara para terminar cayéndole encima.

En esta ocasión el terreno no aguantó y se le tragó junto a su trasporte, consecuencia que tuvo una segunda caída de más de siete metros que se le prolongó eterna. Al impactar, una tremenda punzada le recorrió la espina dorsal llevándose la peor parte sus ya de por si maltrechas piernas que se fracturaron al instante. Al dolor indescpitible que sufria se le sumo una agobiante sensación de claustrofobia al ver donde había aterrizado a raíz de la escasez de luz. Consecuencias que pudieron tener resultados mortales si el tremendo encontronazo no llega a ser amortiguado por algo que yacía en el fondo de aquel agujero.

Mientras tanto sus amigos llevaban un buen rato esperándole en la desembocadura de la pendiente.

—¿No está tardando mucho? —preguntó un preocupado Adrián.

—La última vez que le vi estaba comiéndose una barrita, pero aun así no es motivo para que tarde tanto. Le ha tenido que suceder algo.

Esperaron un poco más y al ver que seguía sin aparecer, se echaron las bicicletas al hombro remontando a pie el arduo tramo en su búsqueda. No fue una ascensión fácil ya que sufrieron más de un resbalón provocados por un calzado inapropiado para esos menesteres. Al coronar la mitad de la subida se dieron de bruces con una roca fuera de lugar, que unido a la tierra removida y las ramas rotas no dejaban lugar a la duda que alguien había caído por ese punto. Se aproximaron al borde de la trialera llevándose las palmas de sus manos al ras de la boca y comenzaron a vociferar su nombre. Tras varios intentos sin obtener ninguna respuesta de su paradero, optaron por descender siguiendo las marcas que les ofrecía el terreno mirando en todas las direcciones, sin dejar de reclamarle.

—Por el amor de Dios, que es esa peste —apuntó Frank antes de darse de bruces con un enorme agujero—. ¡Joder! ese olor sale de aquí ¿No creerás que se habrá caído por es…

Unas arcadas procedentes de lo más profundo y oscuro de la cavidad contestaron la pregunta que estaba a punto de hacer.

—¡Jorge, puedes oírnos! ¿Te encuentras bien? —gritaban ambos desde una distancia prudencial debido a que la pestilencia que salía les impedía acercarse más al orificio.

Pasaron unos segundos interminables y el ruido de la arcadas en el fondo del socavón dio pasó al del nauseó. Jorge acababa de echar la barrita energética que ingirió instantes atrás. La oscuridad era absoluta allí abajo y una vez se recompuso del mal rato echándolo todo de su organismo, hizo acopio de fuerza logrando sacar el foco de su mochila. Al encenderlo la sangre se le heló al reparar por primera vez donde había aterrizado. Antes de dirigirse a sus compañeros cogió el bidón del agua y se enjuagó la boca.

—¡Estoy aquí! ¡Joder, creo que tengo las piernas rotas! ¡Mierda tíos esto está lleno de animales mue…— Otra arcada impidió que terminara su exposición de la escena.

En el exterior, la poca luz solar que les quedaba se consumió, obligando a sus amigos a tener que encender sus reflectores. Frank se acercó un poco más taponándose sus orificios respiratorios y alumbró el interior sin poder ver más allá de una sombra.

—¡Intenta no moverte! ¡Vamos a pedir ayuda!

Frank echo un vistazo a Adrián que tenía la mirada puesta en la pantalla de su teléfono móvil. Éste al notar que le ojeaban alzó la cabeza y le hizo un gesto de negatividad.

—¡Escúchame! ¡Los teléfonos no tienen cobertura! ¡Vas a tener que buscar una salida! ¡Esos animales tuvieron que entrar por algún lugar! ¡Nosotros intentaremos hacer lo mismo desde aquí arriba! ¡Ya verás como todo sale bien! ¡Tienes que ser fuerte!

Jorge se maldijo por su mala suerte y se armó de valor, empezando a tantear la cueva con la linterna hasta localizar un pequeño pasaje del que llegaba una suave brisa.

—¡He encontrado un pasadizo! ¡Corre aire! ¡Intentaré salir! —les comunicó.

—¡Bien, no sabes cómo nos alegra oír eso! ¡Pronto estarás fuera!

Al finalizar ese comentario de ánimo, Frank y Adrián se separaron tomando direcciones opuestas para abarcar más terreno en busca de una posible entrada.

Mientras Jorge inmerso en su angustia, echó otro trago de agua para volver a alumbrar el túnel llevándose un atroz sobresalto al comprobar que ya no estaba solo. Al final de la galería había una figura de cuatro patas en postura amenazante con una navaja clavada en uno de sus ojos del que manaba un extraño fluido. El animal añadió a esa pose un gruñido que fue subiendo de resonancia gradualmente. Sonoridad que hizo estremecer cada rincón de su deteriorado cuerpo, teniendo que frotarse los ojos al no dar crédito a lo que tenía ante sí, confirmando que no se trataba de ninguna alucinación a consecuencia del dolor, al ver como abandonaba su actitud con vivacidad, y no precisamente con las intenciones sumisas y cariñosas con las que le recibía su diminuto chihuahua cada vez que llegaba a casa.

Con sus funciones locomotoras al cuarenta por ciento, solo pudo buscar algo con lo que protegerse, hallándolo en el cuadro de la bicicleta que interpuso entre él y aquella bestia llena de rabia antes de que acortara la distancia que les separaba. Aquel animal que parecía sacado del mismísimo inframundo, emprendió a lanzar devastadoras dentelladas sobre el cuadro arrancando grandes trozos de fibra de carbono. Jorge viendo como se estaban desarrollando los acontecimientos y que aquella improvisada barrera dentro de poco ya no sería impedimento para que esa encarnizada criatura lograra su propósito, tanteó el terreno medio a ciegas cuando el animal terminó de destrozar la bici, lanzando sus mandíbulas contra su cuello en el mismo instante que Jorge logró aferrar la tija del sillín que se desprendió de su posición por el ajetreo sufrido. Cerró los ojos y a la desesperada, acometió con el tubo de grafito contra su atacante antes de que éste le arrancara la nuez, notando como una emulsión cálida le salpicaba en la cara sin llegar a penetrar por ninguno de sus orificios. Con las pulsaciones a mil abrió los parpados para ver con espanto la quijada de aquella cosa a escasos diez centímetros de él con la tija atravesando su cabeza a la altura de su sesera. Se lo quitó de encima y extenuado emprendió su afán de buscar una salida arrastrándose por el pasadizo esperando no encontrarse con más sorpresas…

Mientras tanto en el exterior de aquel infernal agujero, sus amigos ajenos al infortunio que había vivido Jorge, intentaban localizar alguna apertura por la que acceder a prestarle ayuda.

—¡Aquí parece que hay una entrada! —Grito Adrián al localizar un colorido pañuelo. Frank que no andaba muy lejos de su posición se apresuró al escucharlo y accedió al interior sin pensárselo dos veces, donde encontró a Jorge al poco de avanzar semiinconsciente. Lo enganchó por la pechera y tiró de su cuerpo hasta sacarlo de la cueva. Una vez fuera le echaron un poco de agua por la nuca comenzando a volver en sí.

—Algo me atacó…—Tosió varias veces ofreciéndole Frank un poco de agua. Una vez mitigo la garganta con la ingesta del líquido prosiguió con su relato—. Parecía una especie de perro salvaje…

—¿Qué es eso que tienes en la cara? —Le interrumpió Adrián al enfocarle el rostro.

—Sangre, pero no es mía.

—¿Sangre? ¿Desde cuándo la sangre es negra? —le contesto Adrián frunciendo el ceño.

Jorge hizo el amago de llevarse la mano a la cara para comprobar que es lo que decía su amigo, pero el dolor y el agotamiento acumulado le pasó factura volviendo a perder el conocimiento.

—Ya nos lo podrá explicar más tarde. Ahora tenemos que buscar ayuda o algún sitio donde pasar la noche y descansar. Cuando se den cuenta que no hemos regresado con el grupo se pondrán en nuestra búsqueda, si no lo han hecho ya —detalló Frank.

Entre los dos cogieron a Jorge y ascendieron el escarpado terreno hasta dar con un camino de tierra. Jorge se quedó con él mientras Frank volvía a descender para aparecer con una de las bicis, a la que bajaron un poco el sillín. Lo encaramaron con cuidado apoyando las fracturadas piernas sobre el manillar, propulsando la bici a la vez que le sujetaban para que no se cayera por los lados.

—¿Qué dirección cogemos?

Frank alumbró el camino localizando los surcos que dejaron los pies de Alberto al ser arrastrado.

—Parece que no hace mucho alguien ha pasado por este lugar. Creo que deberíamos seguir las marcas. Puede que haya gente acampando cerca. Con ambos de acuerdo se pusieron tras las huellas, para salir poco después a un pequeño campo abierto donde divisaron una tienda de campaña en el centro, apresurando con ese avistamiento el paso mientras alzaban sus voces pidiendo auxilio.

—¡Necesitamos ayuda! ¿Alguien nos puede ayudar? ¡Nuestro amigo está herido!

Según acortaban la distancia las esperanzas de encontrar a alguien se fueron esfumando. Expectativa que se desvanecieron por completo al llegar a la altura de la tienda. Adrian alumbró el perímetro para ver que el verde terreno estaba impregnado con un extraño fluido.

—Frank, mira esas gotas. Parecen del mismo color que las manchas que tiene Jorge en la cara.

Bajaron a Jorge de la bici y Frank siguió la estela del goteo perdiendo el rastro una vez se ahondaban en el follaje. Se dio la vuelta y desanduvo el tramo recorrido.

—La pista se pierde en la maleza. Deberíamos pasar la noche aquí. Es nuestra mejor baza. Haremos turnos para vigilar. Quizás todo esto sea a consecuencia de algún animal herido. No encuentro otra explicación razonable. Cuando amanezca buscaremos la mejor opción para salir de aquí.

Al penetrar en el interior de la tienda encontraron dos mochilas: algunas botellas de agua, alimentos variados, un camping gas, mantas y varias latas de comida para perros. Tumbaron a Jorge sobre una colchoneta que había en el centro de la tienda. Una vez recostado Adrián se ofreció para hacer la primera guardia. Antes de salir cogió un par de barritas energéticas de su bolsa de hidratación, una de las mantas y abandonó la tienda. Frank antes de tumbarse junto a su maltrecho amigo se despojó del casco y de sus guantes metiendo estos en su mochila. El primer relevo lo hizo sin poder conciliar el sueño.

Frank se encontraba efectuando la última guardia bajo el calor que le proporcionaban las mantas con el amanecer ya próximo, cuando un ruido llamó su atención entre el follaje, en el preciso momento que Adrián salía de la tienda reparando de que algo no iba bien al ver a su compañero.

—¿Qué sucede Frank?

—Me pareció escuchar algo —le contestó.

Ambos se quedaron callados durante un tiempo y al ver que no sucedía nada fuera de lo normal, Adrián se volvió a dirigir a su amigo.

—Bueno, fuera lo que fuese se ha ido. ¿Qué vamos a hacer? No sabemos si nos están buscando y el color que están cogiendo las piernas de Jorge no me está gustando nada.

—En cuant...

—Espera, se me olvidaba una cosa —le interrumpió según regresaba a la tienda para poco después volver a salir con varios artículos en la mano—. Mira, échale un vistazo a esta foto que he encontrado. —En la instantánea salían Alberto, Lucia y Darth—. Jorge dijo que le atacó un perro o algo similar. Podría ser este. Encontramos la misma sangre o lo que quiera que sea esa sustancia en ambos lugares. ¿Tú que crees?

Frank aferró la foto y la ojeó con minuciosidad, sin perder detalle por pequeño que fuera.

—Parece lo más lógico. ¿Pero dónde están sus dueños? No se tío, esto no me gusta —le comentó a la vez que le devolvía la foto.

—Espera...encontré algo más —le comunicó mientras desplegaba un mapa—. También he encontrado este plano. Sale un camping y parece que está a un par de horas de aquí. Algo más cargando con Jorge claro. Allí encontraremos ayuda.

—Por fin una buena noticia, pero creo que será mejor esperar un poco más a que abra el día para ponernos en marcha. Sería buena idea encender un fuego y entrar en calor, iré a buscar algo de leña.

—Está bien. Yo veré si puedo hacerle un torniquete.

Frank se levantó abandonando el confort que le proporcionaban las mantas y se dirigió en busca de un poco de madera seca. Adrián entró en la tienda, y antes de ponerse con el convaleciente Jorge, cogió un rollo de papel higiénico y puso rumbo hacia el interior del bosque buscando un poco de intimidad. Se posicionó detrás del primer árbol que encontró en su camino, y cuando se disponía a bajarse el culote para hacer sus necesidades fisiológicas, escuchó a Jorge gritar despavorido.

—¡Socorro, socorro! ¡Ayudadme por favor! ¡Quitádmela de encima!

Adrián se subió con rapidez la prenda deportiva y salió corriendo con el corazón encogido para ver que estaba pasando. Frank que regresaba con un buen montón de ramas también pudo oír los chillidos de terror. Dejó caer su carga y apresuró el paso. Ambos llegaron al unísono y sin mediar palabra alguna accedieron a la tienda para encontrar a una mujer encima de Jorge. Desconcertados la atenazaron por los brazos sacándola fuera, donde cayó de espaldas contra la superficie dándose un buen golpe en la cabeza, durando unos segundos en esa posición, ya que se incorporó a una velocidad pasmosa. Frank al verle el rostro la identificó al instante.

—¡Es la mujer de la foto! ¡Pero qué coño le sucede!

Apenas terminó su exposición, Lucía, poseída por la enajenación embistió contra ellos. Adrián al verla venir, ejecutó un movimiento más propio de un jugador de rugby que de un estudiante de medicina, logrando esquivar el envite con esa rápida maniobra. Se apostó detrás de ella, agarrándola de los antebrazos.

—¡Golpéala, golpéala! —Le gritaba con intensidad al ver que se le estaba empezando a escurrir de las manos.

Frank miró a su alrededor buscando algún objeto con la suficiente contundencia para poder noquearla. En uno de los laterales de la tienda, localizó un bastón que usan los senderistas para ayudarse a avanzar cuando el terreno es escarpado, haciéndose con el en el momento que Lucía se liberó. Adrián no daba crédito al poderío que tenía esa mujer. Él era un chico fuerte y deportista y no pudo sujetarla ni diez segundos. Su segunda arremetida se frenó en seco cuando Frank sin dudarlo, hundió el bastón en el cuerpo de la mujer partiendo su caja torácica.

Ese tremendo impacto hizo que la joven volviera a caer. Aquel golpe hubiera acabado con la vida del cualquier ser vivo, pero para ella no fue así, dejando asombrados a los dos muchachos que no podían creer lo estaban viviendo. La mujer obcecada, intentó volver a   incorporarse. En esta ocasión no lo haría, ya que Adrián dentro de su incredulidad, desclavó   el bastón de su cuerpo emanando una pequeña erupción de sangre negruzca del orificio al extraerlo. Lo aferró con ambas manos y cerró los ojos clavándoselo con todas sus fuerzas en la cabeza sin ser consciente que lo hacía en su único punto vulnerable. Se quedaron parados unos instantes y una vez cerciorados que esa mujer ya no se volvería a incorporar, accedieron a la tienda para ver con horror el daño que le había provocado aquella perturbada. Tenía el maillot rasgado, dejando ver su abdomen al que le faltaba una enorme porción de carne a consecuencia de una devastadora dentellada. Adrián al ver como la sangre brotaba en abundancia del orificio cogió una camiseta en la que se podía leer en su parte delantera la siguiente frase: Hace mucho tiempo, en una galaxia lejana, muy lejana… Lógicamente él no reparó en ese enunciado y la plantó sobre las heridas de Jorge presionando sobre ellas en un intento desesperado de detener la hemorragia.

—Tenemos que ir a buscar ayuda de inmediato. En este estado no podemos moverle, se desangraría. Lo mejor es que uno de nosotros coja la bici, vaya al camping y pida ayuda. Ese tienes que ser tú, yo seré de más utilidad quedándome aquí con él. Intentaré estabilizarle. Tienes que ser todo lo rápido que puedas, está perdiendo mucha sangre.

Frank sin perder un solo segundo se acomodó su mochila y cogió el mapa, buscando acto seguido entre los neceseres personales de los propietarios de la tienda un bolígrafo con el que marco con un círculo su posición. Se adaptó el casco de nuevo y miró su reloj que marcaba las ocho, pensando que si era lo suficientemente rápido, y más vale que lo fuera por la salud de Jorge, podría llegar al camping en menos de dos horas. Salió de la tienda y se montó en la bici reparando unos segundos en el cuerpo de la mujer, llamándole con poderío el destrozo que tenía en el cuello. Las marcas de los incisivos centrales y los caninos se visualizaban con claridad en el desgarro. Un quejido de dolor naciente de la garganta de Jorge le exhumó de sus pensamientos y empezó a dar pedales todo lo raudo que le permitían sus piernas empezando una contrarreloj para salvar la vida de su compañero.

Adrian al ver que la camiseta de Star Wars se empezaba a saturar de sangre, buscó por la tienda removiendo todo hasta hallar en una de las esquinas un pequeño botiquín de primeros auxilios del que extrajo unos apósitos, que utilizó para vendarle el vientre consiguiendo que la sangre dejara de fluir. Aliviado se dejó caer de culo cuando un escalofrío le recorrió la espina dorsal al verse las manos manchadas, otorgándole la razón a Jorge cuando le dijo que era sangre a la pregunta que le efectuó una vez estuvo fuera de aquella cueva.

Sin apenas poder pensar en esa incidencia, Jorge empezó a convulsionar entre grandes aspavientos parando las sacudidas tras unos segundos que se le hicieron interminables al joven estudiante de medicina. Adrián se irguió y le tomó el pulso sin encontrárselo, procediendo a reanimarlo con masajes cardiacos como había aprendido en las clases de la universidad.

Comprobó de nuevo las pulsaciones con el mismo resultado que la vez anterior, repitiendo el procedimiento. Pero en esta ocasión cuando abordó el momento de hacerle las insuflaciones, quedó paralizado al ver que Jorge había despertado. Eso a priori debería de ser una buena noticia si no llega a venir acompañado por el color de sus ojos que se encontraban inmersos en la mayor de las oscuridades. La miraba expresaba ira en su máxima vertiente. Él joven le agarró por detrás de la nuca antes de que pudiera apartarse y lo atrajo hacía él clavando sus incisivos con ferocidad en su labio inferior arrancando una tira de carne que dejó ver su dentadura inferior y su hueso mentón.

Capítulo 3
El camping (parte 1)

Doce horas antes de que Frank se pusiera en marcha.

Las agujas del reloj estaban próximas a marcar las nueve en punto de la noche. La luna estaba en fase creciente y se podía apreciar gran cantidad de estrellas en un cielo limpio de nubes y cualquier tipo de contaminación. Se apreciaba que la temperatura había descendió varios grados sobre un camping conformado por un conjunto de acogedoras cabañas de madera. Esta instalación de propiedad privada, estaba situada cerca del lecho de un río lo que daba opciones a cantidad de actividades a la intemperie.

En esos momentos solo estaban habitadas cuatro cabañas, no obstante se esperaba que en el trascurso del fin de semana, el aforo se completara, ya fuera por sus propietarios o por grupos de personas que las alquilaban para pasar unos días de descanso, tras llegar a un acuerdo económico con sus caseros. Para llegar hasta el complejo, la propiedad ponía a disposición de sus clientes, un vehículo adaptado para terrenos rocosos y de difícil acceso tipo 4 x 4 aunque de mayor tamaño cuya capacidad podía trasladar a unas diez personas en cada viaje.

Los primeros en llegar al complejo fue un matrimonio de avanzada edad, compuesto por Pedro y su mujer Marta, que regentaron una tienda de antigüedades casi medio siglo. Una vez se jubilaron y con el traspaso del comercio, invirtieron parte de las ganancias en ese refugio. A Pedro le encantaba madrugar y salir con la fresca en busca de setas, circunstancia que aprovechaba para fumarse un cigarrillo a pesar de tenerlo prohibido por prescripción médica. Antes de regresar masticaba un caramelo mentolado y escondía bien el paquete para que su mujer no se percatara y así evitar una buena reprimenda. Les acompañaba su nieto Miguel, un joven estudiante de periodismo, aficionado a la fotografía y a la ornitología. Tenían otro de quince años por parte de su hija Mery que ejercía el puesto de directora en un periódico de tirada diaria gratuita. Siempre que tenían pensado viajar a aquel ostentoso escenario le decían con días de antelación que les acompañaran, para sacarle por unos días del mundo virtual en el que vivía. El joven siempre les contestaba con un no rotundo pues prefería pasarse las horas en su cuarto jugando a los videojuegos con sus amigos cibernéticos, y cuando se quedaba solo en casa, encerrarse en el cuarto de baño y pelársela como un mandril. Miguel a diferencia de su primo, siempre que los estudios le daban un respiro, se escapaba con sus abuelos para poder practicar sus aficiones. Había salido sobre las seis a ver si lograba hacer unas buenas instantáneas. El lugar era propicio para fotografiar: arrendajos, herrerillos, gavilanes y otra gran diversidad de pájaros. Sin embargo él tenía una especial admiración a la que muchos especialistas en este campo creen que es la reina de todas las aves, el águila real, y ese sería su gran objetivo en esta excursión.

La primera cabaña nada más acceder al recinto, era propiedad de
la familia Gutiérrez, formada por cuatro miembros, Juan, su mujer Susana y sus hijas gemelas de trece años, Silvia y Sandra, que se pasaban gran parte del día escuchando el grupo musical de moda y exponiendo sus diferentes posturas sobre quién era el chico más guapo de la clase. Cuando el tiempo se lo permitía, no se lo pensaban dos veces para huir a su rincón favorito abandonando por unos días la vorágine, el estrés y las desagradables efusiones que desprende una gran metrópoli y así poder cargar las pilas para afrontar una nueva e intensa semana laboral. Juan ocupaba un significativo cargo en una importante empresa de seguros. Su sueldo, de una cuantía elevada, permitía mantener a su familia sin pasar apuros económicos. Susana se dedicaba en exclusiva a atender a las niñas. Las llevaba por la mañana a un prestigioso colegio de pago, luego las recogía al mediodía, y por último las acercaba a las clases extraescolares. De las tareas del hogar se encargaba una chica de nacionalidad sudamericana que invertía todos los días media jornada en esos quehaceres.

En la cabaña que limitaba con la de familia Gutiérrez, se alojaban Emilio y Yolanda. Una joven pareja en fase de noviazgo. Estos de momento no eran propietarios, si bien era cuestión de tiempo que Emilio, hijo único, la heredara al pertenecer a su viudo padre desde hace cinco años al fallecer su esposa y madre a causa de una repentina y grave enfermedad. El progenitor era un empresario de la construcción en horas bajas a consecuencia de la delicada crisis que estaba golpeando el sector. Miguel se acaba de licenciar en derecho y soñaba con trabajar en un gran buffet, teniendo que conformarse de momento con hacerlo como abogado de oficio en los juzgados próximos a su residencia, el noventa por ciento de los casos defendiendo a sus clientes por conducir bajos los efectos del alcohol o trifulcas callejeras. Su padre hacía mucho tiempo que no iba por aquel complejo, por lo que Emilio, aprovechaba para acercarse con su chica. Yolanda era una bella joven que trabajaba en una guardería desde hacía un par de años. Se conocieron en una discoteca un sábado de fiesta y lo que al principio parecía un rollo de una sola noche, término siendo una relación sólida que duraba ya un largo periodo. Miguel en ese desplazamiento tenía una grata sorpresa preparada que cambiaría su estado civil.

Por último en una barraca situada en el centro del complejo y diferentes a todas las demás por el color de su tejado, se alojaba Alfredo, el encargado del camping. Un hombre curtido en la vida y con una dilatada experiencia en lo respectivo al apartado laboral. Se había criado en un hogar humilde con problemas económicos, teniendo que ponerse a trabajar apenas cumplió los dieciséis años en una pequeña frutería del barrio para ayudar en casa. En lo sentimental tampoco le fue demasiado bien. Se había casado dos veces con el mismo resultado, el divorcio. Tenía un hijo de su primer matrimonio. La relación con su descendiente era esplendida, aunque llevaba una larga temporada que el contacto solo era a través de vía telefónica. La causa fue que el joven tuvo que emigrar para buscarse la vida por las escasas oportunidades que encontraba para poder trabajar en su país natal. La última vez que habló con su hijo, éste le informó que estaba trabajando en un establecimiento de comida rápida.

Sin duda, era un individuo peculiar y reservado que se limitaba a hacer su cometido relacionándose lo justo y necesario con los propietarios. Su asignación primordial era la de recoger a la gente en la estación de esquí donde dejaban sus utilitario y los trasladaba al complejo. Otras de sus tareas, quizá incluso más importante que hacer de chofer, era el mantenimiento de las instalaciones para su buen funcionamiento. En invierno, cuando el camping permanecía cerrado, se acercaba cada quince días para evitar que los animales destrozaran las infraestructuras. Revisaba el perímetro del vallado y colocaba alguna que otra trampa fabricada más para ahuyentarlos que para hacerles daño. Con eso era suficiente para tenerlo todo listo para cuando vinieran los inquilinos, y así poder encontrar todo en perfecto estado.

CAPÍTULO 4

HACIENDO "AMIGOS"

Miguel Llevaba cerca de dos horas fuera del camping. Se hallaba posicionado detrás de su flamante cámara réflex full HD que mantenía acoplada a un trípode. En su objetivo tenía el ave que tanto tiempo llevaba soñando fotografiar, un magnifico ejemplar de águila real. Su plumaje era castaño oscuro, tornándose dorado en cabeza y cuello, con tonos nacarados en las alas y en el extremo de la cola. Residía en su nido incubando un par de huevos ajena a que estaba siendo observada en la distancia. Era una gran ocasión de poder captarlas surgiendo del cascaron ya que era la época en la que nacían las crías, y no tenía la intención de apartarse de su objetivo sin lograr sacar unas buenas imágenes.

En un momento dado, el permanecer tanto tiempo inmóvil le empezó a pasar factura en modo de cansancio, cerrándosele los parpados en un par de ocasiones, teniendo que tomar medidas para que no llegara a más, abandonando un momento su posición para coger de su mochila un termo en el que llevaba algo de café. Una buena dosis de cafeína le reactivaría para aguantar hasta que la luz solar se fuera, acontecimiento que estaba próximo a suceder. Al desenroscar la tapa el solo olor del brebaje al penetrar por sus orificios nasales ya le reavivó. Se echó una buena dosis en la tapa del recipiente que hacía las veces de taza y se bebió el contenido de un solo trago sin poder remediar expresar repulsa al haberse quedado corto con el azúcar. Se estiró de forma enérgica desentumeciendo con esa acción un poco los músculos. Volvió a introducir el termo dentro de la mochila y cuando se disponía a regresar a su posición frente a la cámara, algo reclamó poderosamente su atención. Al encontrarse en un punto elevado, éste le proporcionaba una buena perspectiva del peñasco, siendo esa privilegiada colocación la que le permitió ver a unos quinientos metros entre el espesor del bosque, un extraño grupo que deambulaba de una forma desconcertante. Al no poder distinguirlos con suficiente nitidez por la distancia, desmontó la cámara del trípode a ver si podía tomar una imagen más clara de aquel gentío.

Había una figura que encabezaba esa macabra marcha unos diez metros por delante del resto, acaparando aquel sujeto toda su curiosidad. Enfocó con la cámara presionando el zoom todo lo que daba de sí. El espesor del bosque no le dejaba visualizarlo con la claridad que hubiera querido, hasta que alcanzó un punto en el que los arboles estaban más separados permitiendo un pequeño claro entre ellos, donde pudo obtener una fugaz visión del sujeto, llamando su atención una herida en una de sus manos. Su condición de estudiante de periodismo le decía que tomara unas cuantas instantáneas, así que hincó una de sus rodillas en la tierra para estabilizar su posición, y cuando estaba a punto de pulsar el disparador, el piar de un polluelo hizo que rehusara de aquel propósito.

—¡Mierda, seré estúpido! —pensó, reincorporándose con rapidez, para volver a acoplar la cámara sobre el trípode y emprender la operación de captar el fascinante momento en el que las crías de águila real rompían el cascaron, dejando de lado aquel colectivo de momento...

Dos horas después de que Alberto atacara a Lucia

—¡Pásame otra cerveza!

Virginia introdujo la mano en una nevera apartando primero una capa de hielos y cogió una lata del fondo lanzándosela con sutileza. Álvaro desprovisto de reflejos, lo único que consiguió fue que se le escurriera de las manos. Intentó agarrarla antes de que esta impactara contra el suelo: era como ver a un pescador inexperto sacar un pez del rio con sus manos desnudas. Finalmente sucedió lo inevitable y el bote se estrelló contra el filo de una piedra reventándose al instante, calando a todos los que habían a su alrededor.

—¡Joder Álvaro, serás torpe! —le recriminó la lanzadora del recipiente de bebida fermentada.

A los que no le llegaron las salpicaduras se echaron a reír con tan estúpida escena. Era una agrupación de nueve personas entre los dieciocho y veinte años, cuatro chicos y cinco chicas. Ha excepción de un par de ellos que trabajaban obligados por sus progenitores los demás eran estudiantes pésimos que llevaban repitiendo curso en reiteradas ocasiones.

A esta pandilla le importaba bien poco la naturaleza. Solo iban a ese paraje para poder emborracharse, fumar hierba que compraban al camello del barrio, y si tenían suerte poder echar un polvo siempre y cuando no le sorprendiera ninguna pareja de guardias forestales y les invitaran a irse con su correspondiente multa. Sanción que pagarían sus padres en el mejor de los casos.

Estaban separados en dos grupos. El más activo se encontraba jugando al beisbol o algo parecido. Habían formado unas bases con sus sudaderas y usaban como bate una rama que habían arrancado sin ningún miramiento de un árbol. Lo único que tenían relacionado con ese juego era la pelota.

El segundo, permanecía alrededor de una hoguera aun estando al corriente que en el término en el que se localizaban estaba terminantemente prohibido hacer ningún tipo de lumbre. En una mesa plegable de plástico, tenían una gran variedad de productos cárnicos. De un radio cd se podía escuchar la canción de Marilyn Manson "sweet dreans".

A pesar de estar divididos y desarrollando diferentes actividades, tenían algo en común, el que no tenía una bebida alcohólica en la mano lo hacía fumando. A algunos ya se les estaba empezando a notar el exceso de ambas sustancias. Pero entre todos, había uno que destacaba por encima del resto por su embriaguez, y no era otro que el chico lento de coordinación, que a pesar de no haber podido agarrar la lata no tuvo reparo en coger otra. Era el típico amigo incordio y desesperante que toda buena chusma que se aprecie tiene que tener en sus filas. Nadie le había invitado a esa acampada, pero el muy jodido, tenía algo parecido al poder arácnido de Spiderman y siempre terminaba averiguando los planes del fin de semana. Al ser unos de los más flojos y gorrones del grupo, permanecía sentado en una pequeña silla de camping. En una mano llevaba la lata de cerveza y en la otra un pitillo recién liado mezclado con una buena dosis de hachís. En un momento dado se incorporó llevándose la mano a la bragueta.

—Sabéis una cosa, no aguanto más. ¡Me va a explotar la vejiga! —les comunicó a las chicas mientras se posaba el porro en la comisura de los labios y se bajaba la cremallera. Las muchachas al ver lo que pretendía comenzaron a llamarle la atención añadiendo a sus reproches calificativos tales como gilipollas, capullo o puto retrasado. Pero a Álvaro le daban igual aquellas reprimendas. El solo quería aliviar su sistema urinario, haciendo que las jóvenes pasaran a la acción lanzándole los botes de cerveza vacíos que campaban por el suelo sin ningún atisbo de que nadie los fuera a recoger.

—¡Vale, ya lo pillo, me voy! ¡Jodidas aguafiestas!

Se abrochó la cremallera. Dio una fuerte calada al canuto seguido de un gran sorbo de cerveza y dejó caer la lata junto a las demás, antes de darse la vuelta para encaminarse a una zona más espesa realizando una pequeña parada en su marcha para dirigirse a las chicas y soltar un disparate en referencia a una frase sobre una prescripción médica y el peso de su miembro viril. Las muchachas en una compenetración asombrosa, le enseñaron al unísono sus dedos medios bien estirados. Riéndose más por los efectos de la sustancia estupefaciente que por los gestos de las jóvenes hizo su incursión en el interior de bosque y se puso a orinar contra un abeto meneando el pene para escribir su nombre con el orín. Una vez concluyó de vaciar la vejiga, se la sacudió un par de veces para no mojarse los calzoncillos con las últimas gotas de rigor, cuando escuchó como se rompían varias ramas tras él, señal inequívoca que alguien se aproximaba.

—Sabía que alguna no se iba a poder resistir. Verás que

bien lo pasamos —dijo mientras se volvía esperando que alguna de las chicas le agarrara su polla y comenzara a agitarla con fuerza hasta hacerle alcanzar el orgasmo. Pero para su sorpresa esa no fue la sensación placentera que sintió. Dos manos se aferraron a su cuello forjando una fuerte presión sobre su tráquea. Sus ojos parecían que se les iban a salir de sus orbitas e intentó pedir ayuda siéndole imposible articular ninguna palabra por la presión que ejercían sobre su oprimida nuez. El rostro empezó a congestionársele comenzando a coger una tonalidad renegrida, y cuando estaba a punto de perder el conocimiento a falta de la incapacidad de suministrar oxígeno a sus pulmones percibió otro dolor todavía más intenso. La figura que le estaba estrangulando le desgarró la nariz de un tremendo mordisco dejando ver su hueso nasal…

En uno de los bateos, Marco pegó tan fuerte a la pelota que ésta salió despedida por encima de los árboles perdiéndola de vista. Los demás al ver como se extraviaba la bola abandonaron el interés en seguir con el juego uniéndose con el grupo de la barbacoa. Todos menos Marco, que refunfuñando y blasfemando se adentró en busca de la pequeña esfera de cuero. Transcurridos diez minutos en el que rebusco entre la maleza sin obtener ningún rastro del paradero de la pelota, se dio por vencido y se mentalizó de que jamás la encontraría, puesto que era lo más parecido a buscar una ajuga en un pajar. En su camino de vuelta divisó unas zapatillas entre los matorrales reconociéndolas al instante, ya que días atrás acompañó a su propietario al establecimiento donde las adquirió.

—Joder Álvaro, cuantas veces te he dicho que controles un poco. Todavía queda mucho fin de semana por delante y como se entere tu hermano te va a crujir a hostias. —Iba diciendo mientras se acercaba a su posición. Pero según se aproximaba, el pensamiento de que algo no marchaba bien empezó a rondar por su cabeza por muy colocado que estuviera, especulación que se hizo real cuando tuvo enfrente el cuerpo entero, comenzando el nerviosismo a apoderarse de él.

—¿Pero qué cojones te ha pasado Al...

Enmudeció al escuchar pasos y aterrado por la situación se giró despacio quedando paralizado al ver el espeluznante aspecto que tenía el sujeto que ahora se encontraba antes sus ojos a escasos cinco metros. Las piernas empezaron a temblarle, mientras su corazón palpitaba con fuerza, dándole la sensación de que en cualquier momento le fallarían. Dentro de su incredulidad y estremecido, reaccionó emprendiendo la huida, sin poder dar apenas dos zancadas cuando se dio de bruces contra el suelo provocando que se fracturase ambas paletas con el consecuente corte labial en estos casos.

Se llevó la mano a su dolorida y sangrante boca a la vez que se giraba para ver el porqué de su traspié, localizando al culpable en la figura de Álvaro cuyas manos aferraban con fuerza uno de sus tobillos. Marcos, entre sollozos empezó a suplicarle que le soltara, clemencia que jamás se haría efectiva por mucho que se lo rogara. Álvaro empezó a trepar por su extremidad lanzando sus mandíbulas sobre su pantorrilla, ante la atemorizada mirada de su presa.

—¿No está tardando mucho en venir? ¿Por cierto, dónde está Álvaro? —preguntó Luis, estando al corriente que si no lo llega a mencionar nadie le hubiera echado en falta.

—Se fue a mear. Seguro que se ha caído al rio —le contestó una de las chicas, añadiendo un que le jodan.

—Será un capullo, pero tampoco vamos a dejar que se ahogue, aunque creo que tarde o temprano lo hará con sus propios vómitos como le ocurrió a Bon Scott. Voy a ver si lo localizo ¿Me acompañas Natalia?

—Me apunto, así me despejo un poco.

Una vez fuera del alcance de las miradas del grupo el joven agarró a la chica por la cintura y la atrajo hacía él besándola con pasión al tiempo que introducía la mano por debajo de su camisa.

—Que ganas tenía de estar a solas contigo Natalia. —Le dijo según la despojaba de la prenda. El siguiente atavió en caer fue el sujetador para dejar ver sus hermosos y firmes pechos. Su lengua carnosa y húmeda inició un descenso desde su cuello deteniéndose en sus pezones, provocando que estos se endurecieran debido a la excitación. La tendió en el manto de hierba y ambos se terminaron de desnudar. Luis se situó encima de ella empezando a follar salvajemente como si fueran dos animales en celo.

Natalia permanecía con los ojos cerrados disfrutando del placer que le proporcionaba el sexo sin compromiso, intensificándose los gemidos con cada penetración del muchacho. Pero al cabo de un rato, la chica percibió una extraña sensación, como si no estuvieran solos, que alguien los observaba, provocando que abriera los parpados para ver con estupor a tres figuras de pie clavando sus espeluznantes miradas sumidas en la más absoluta tenebrosidad sobre sus cuerpos desnudos, reconociendo a dos a pesar de su perturbador aspecto. La mujer pegó un estrepitoso grito a la vez que intentaba quitarse a Luis de encima.

—¿Qué pasa Natalia? —le preguntó quedando desconcertado al ver el rostro de pánico que presentaba la muchacha. Luis intentó alzar la cabeza para averiguar el motivo de semejante expresión, cuando se vio despedido por los aires. Sin el joven encima, uno de los infectados al que le asomaba su miembro viril por la cremallera se abalanzó sobre una joven paralizada por el terror, desfigurando uno de sus turgentes pechos de una devastadora dentellada. Del seno sin pezón empezó a brotar la sangre a borbotones. Antes de que los ojos de Natalia cambiaran pudo ver como se desprendían jirones de carne del trasero de Luis.

—¿Has oído? —preguntó Virginia.

—¿El qué? —le respondió Mario mientras inhalaba las ultimas caladas de un cigarrillo.

—Me ha parecido oír a alguien gritar.

—Serán Luis y Natalia que estarán pasando un buen rato. O acaso te has creído ese cuento de que iban a buscarlo.

—No ha sido un grito de placer. Ha sonado aterrador y...—miró a su alrededor—. ¿Dónde se está metiendo todo el mundo? Aquí está pasando algo Mario.

Las otras chicas al oír a Virginia se empezaron asustar.

—Anda, no seas paranoica, pareces nueva. Será el estúpido de Álvaro que habrá convencido a los demás para gastarnos una de sus pesadas bromas.

—No de verdad, no creo que sea ninguna broma. ¿Podías ir a comprobarlo? —le pidió Virginia muy nerviosa.

—Está bien, si así os quedáis más tranquilas iré a ver a esos subnormales.

Mario se levantó y fue directo hacía el punto por donde se fueron Luis y Natalia.

—¡Venga chavales, dejar de hacer el gilipollas que ya sois mayorcitos, joder! ¡Estáis asustando a las chicas y como no os deis prisa la carne se va a quedar más dura que la moja...

La figura de una infectada desnuda y sin pezón derecho, emergió de las sombras echándose sobre su yugular como si fuera una leona agazapada esperando el momento oportuno para atacar a su presa. Le siguieron tres más.

La hoguera aún tenía una intensa llama y las chicas que estaban sentadas alrededor se levantaron al ver que eso estaba muy lejos de parecerse a una mofa. Presas del pánico, dos de ellas al emprender su huida entrelazaron sus piernas provocando que una perdiera el equilibrio y cayera de costado en la fogata sin poder oponer ninguna resistencia a los agresores. En ese mismo instante comenzó a sonar el tema The Beautiful People.

La otra accidentada, se levantó con gesto dolorido llevándose la mano a una maltrecha rodilla a causa del golpe e intentó escapar, sin apenas poder avanzar unos metros al interponerse en su trayectoria una de esas cosas sumidas en la ira. La joven aferró un tronco por uno de los extremos que todavía no estaba en ascuas y golpeó al infecto con todas sus fuerzas ocasionándole graves quemaduras en el rostro. Sin embargo eso no fue impedimento en el afán del atacante en lograr su finalidad.

El otro par de chicas alcanzaron a esconderse dentro de una de las tiendas donde permanecían de rodillas abrazadas con fuerza la una a la otra. Sus rostros irradiaban un pavor absoluto. En sus ojos se podía ver que las lágrimas se desbordarían en cualquier momento. Hacían todo lo posible para mantenerse en silencio con la finalidad de que no las localizaran y pasaran de largo. La música cesó para dar paso a la quietud más escalofriante. Varias siluetas se reflejaron detrás de ellas…

Capítulo 5
El camping (parte 2)

Miguel miró su reloj para ver que eran algo más de las nueve de la noche, percatándose que se le había hecho un poco tarde. Sin embargo pensó que el tiempo invertido de más merecido la pena por las magníficas instantáneas que logró capturar. La temperatura perdió varios grados y ya se empezaba a notar el frio, así que sacó una fina chaqueta térmica de color azul de la mochila ajustando unos velcros que disponían las mangas una vez se la puso con la finalidad de que el gélido aire no penetrara por ellas. Recogió el material fotográfico y puso rumbo al camping. El trayecto de vuelta le llevaría algo menos de tres cuartos de hora.

—¿Dónde estará éste chico? La cena esta lista.

—Ya le conoces mujer. Se habrá entretenido con sus fotos, siempre pierde la noción del tiempo cuando sale con su inseparable cámara.

—Bueno pues cenemos nosotros que se va a enfriar —le dijo Marta a su marido a la vez que introducía el plato de Miguel en el microondas.

Emilio acababa de llegar del río con un par de truchas que pescó con facilidad gracias a su dilatada experiencia como pescador. Afición que adquirió desde bien joven, cuando acompañaba a su padre de pesca los fines de semana.

—¡Ya estoy de vuelta, cariño! ¡ Traigo la cena!

—¡Estoy en la ducha, ahora salgo! —le contestó Yolanda.

Dejó la caña en un cuartito que tenían para los bártulos junto al traje impermeable y las botas de agua. Entró en la habitación para salir poco después ataviado con una camisa verde de tirantes, unos calzones deportivos de un equipo de baloncesto americano con el logotipo de una cabeza de toro y unas chanclas viejas. Se dirigió a la cocina y de la nevera extrajo un par de tomates y varios cogollos de lechuga que utilizaría como acompañante para la jugosa cena. Se lavó las manos y comenzó a limpiar el pescado para su preparación. Con todo listo empezaron a cenar.

—¿Quieres un poco más de vino?

—Sí, gracias.

Emilio cogió la copa y antes de llenarla introdujo algo en el fondo sin que Yolanda se diera cuenta. La depositó en la mesa nervioso esperando el siguiente trago, que no tardó en llegar. La mujer al llevársela a la boca se percató, para el alivio del joven, que dentro había un anillo. Emilio abandonó su asiento y se arrodillo a su lado cogiéndola de la mano.

—¿Quieres casarte conmigo?

—Claro que quiero, tonto —le confirmó embelesada de emoción.

Alfredo acababa de terminar de realizar las últimas labores del día. Se encontraba en el interior de su cabaña donde se disponía a llenar el buche tras una agotadora jornada. La cocina no se le daba mal del todo, pero esa noche se sentía algo cansado y optó por las sobras que tenía en la nevera de días póstumos. Una vez saciado el apetito, se dirigió al mueble bar del salón donde se preparó una copa de una botella de licor de hierbas casero que le había regalado uno de los inquilinos en agradecimiento por una reparación casera.

—Bueno chicas, ya habéis reposado los alimentos, a lavarse los dientes y a dormir —les indicó Susana a las gemelas.

Eran unas niñas muy educadas y obedientes así que sin rechistar hicieron lo que les mandó su madre. Con la tarea nocturna consumada en lo referente a su limpieza bucal, las hermanas se pusieron el pijama y se fueron a la cama, para recibir poco después la visita de sus progenitores donde les desearon felices sueños. Con sus hijas arropadas volvieron al salón para sentarse juntos en un sofá grande de cuatro plazas, tras hacer una breve visita a la librería. La mujer cogió el libro, La isla de las mariposas de Corina Bomann, abriéndolo por su penúltimo capítulo. El hombre hizo lo propio con un ejemplar de MR. Mercedes. Uno de los últimos libros publicados por el maestro del terror Stephen King. Quitó el marca páginas por la hoja número cincuenta y ocho procediendo a su lectura.

Apenas llevaba un par de líneas, cuando una de las gemelas salió de la habitación interrumpiendo su lectura.

—Papá, no podemos dormir, hay alguien fuera. Está haciendo mucho ruido.

El padre dejó la novela encima de la mesa y entró en la alcoba. Al abrir la persiana observó que algo se movía en los matorrales detrás del vallado que cercaba el camping. Debido a la oscuridad no lograba ver con claridad que era.

—No te preocupes cariño. Será algún animal que ha bajado a ver si encuentra algo de comer. De todos modos iré a decirle a Alfredo que se acerque a comprobarlo.

Se puso una delgada prenda de lana que colgaba detrás de la puerta y abandonó el confort del hogar con un pequeño hilo de incertidumbre. En el camino a la cabaña de Alfredo saludó a los abuelos de Miguel que después de cenar siempre se sentaban un rato en un banco de madera situado en el porche contemplando el cielo estrellado. Esa noche se quedaron un poco más de tiempo preocupados por la tardanza de su nieto. Al llegar a la puerta golpeó la hoja de madera con sus nudillos. Pasados unos segundos y al comprobar que nadie abría, volvió a repetir la operación intensificando la fuerza de golpeo. A los pocos segundos escuchó pasos que se aproximaban. Alfredo abrió la puerta entre bostezos pues se había quedado traspuesto en el sofá, y si no llega a ser por la insistencia de Juan hubiera permanecido ahí hasta que el despertador sonara a eso de las seis de la madrugada.

—Buenas noches, señor Juan. ¿En qué le puedo ayudar? —le preguntó mientras se desentumecía.

—Perdone que le moleste a estas horas. Parece que hay algún animal merodeando cerca de la habitación de las niñas y no las deja dormir. Si pudiera usted acercarse y echar un vistazo se lo agradecería.

—No se preocupe. Ahora mismo voy. Serán jabalíes que habrán bajado en busca de comida. No es la primera vez que sucede y temo que tampoco será la última.

Para evitar que esto aconteciera, había un cartel en la entrada del camping en el que se informaba que estaba prohibido sacar la basura después de las nueve. Desempeñando Alfredo la retirada de los desechos como última actividad antes de dar por concluido el día. En más de una ocasión, había pillado infraganti algún que otro propietario pasándose aquella normativa por el forro. Situación que le crispaba más que otra cosa, ya que cuando eso acontecía, a la mañana siguiente se encontraba cubos tirados y el contenido de las bolsas de basura esparcidas por todos los rincones.

Juan se retiró a su cabaña para proseguir con su lectura confiando en que aquel hombre solucionase el problema. Alfredo, antes de salir, se equipó con una linterna y se acercó a la zona donde cortaba la leña para coger un hacha que estaba clavada en un gran tronco de madera con forma circular. Por norma general, los animales al verle salían despavoridos, pero un poco de precaución no le venía mal. Salió por la puerta principal rodeando el camping hasta llegar a la posición donde Juan le dijo que habían escuchado el ruido. Alumbró con su linterna localizando lo que ya vaticinó por experiencia y perro viejo. Una pareja de jabalíes se encontraba excavando en la tierra con sus fuertes hocicos en busca de semillas. Alfredo alzó las manos al mismo tiempo que producía un ruido que sonaba amenazante, provocando que los animales se espantaran y salieran despavoridos.

El hombre, creyendo que ya no volverían más, se relajó y cuando se dirigía de nuevo a su propiedad, atendió que algo se aproximaba en su dirección a gran velocidad por el ruido que producían las hojas y las ramas secas al ser pisadas. Alfredo recuperó la postura avizora de nuevo para ver instantes después, como retornaban hacía él los mismos puercos que habían salido por patas con anterioridad. En esta ocasión los aspavientos no surgieron el efecto deseado, y los animales pasaron entre sus piernas haciéndole perder el equilibrio. Al caer al suelo la linterna se le escapó de la mano y rodó para quedar alojada entre unos matorrales. En todos los años que llevaba en el camping, nunca le había sucedido nada parecido. Le sorprendió que no le atacaran, pues si algo caracteriza a esos animales, es que cuando se ven acorralados o en peligro es lo primero que hacen, y esa parecía una situación idónea para que eso ocurriera.

Alfredo se incorporó maldiciendo a aquellos cuadrúpedos. Se sacudió el polvo y se inclinó, estirando el brazo izquierdo entre la maleza para recuperar de nuevo la linterna, y cuando acariciaba el reflector con las yemas de los dedos, notó que le agarraban por la muñeca. Lo siguiente que percibió fue un dolor indescriptible, acompañado de un escalofrío que recorrió todo su cuerpo. El hombre aguantó el alarido de tal forma que no pudo evitar morderse la lengua produciéndose un pequeño corte. Escupió un buen gargajo de sangre e hizo acopio de todas sus fuerzas en un intento desesperado por liberarse de aquella opresión, siendo un gasto de energía baldío. Al comprobar que la fuerza física era totalmente inútil en su afán de zafarse uso el único recurso que le quedaba. Elevó el hacha y empezó asestar golpes a diestro y siniestro exasperado, procurando dar en su presa y no auto mutilarse su propio brazo en el conato. En el tercer hachazo auscultó un crujido al tiempo que poco a poco desaparecía la presión sobre su muñeca. Pegó un último tirón y logró liberarse cayendo de culo. Al mirarse la extremidad observó que le faltaba un trozo de carne del antebrazo y como alrededor de la herida se veía lo que parecía las marcas de unos dientes. Pero lo que le dejó perplejo y casi sin respiración fue comprobar que tenía una mano atenazando su muñeca. El miembro estaba amputado a la altura del codo por donde no dejaba de brotar un extraño líquido negro. Alfredo sin dar crédito a lo que estaba sucediendo se desprendió de la articulación y huyó del escenario con el corazón sobrecogido.

Juan llegó a la cabaña en el preciso momento que Alfredo ahuyentaba a los jabalíes.

—Tranquilas hijas, me ha dicho que será algún animal. Volver a la cama que no pasa nada.

Juan se quitó la chaquetilla y ocupó de nuevo su asiento en el sofá para continuar con el escrito del autor nacido en Portland, Maine, volviéndose a repetir la misma escena que le obligó abandonar la cabaña minutos atrás.

—¿Que pasa ahora? ¿Hay un oso feroz? —Les preguntó al tiempo que soltaba una leve carcajada, sin apartar la vista del libro. La liviana sonrisa desapareció de su rostro al echársele las niñas encima atemorizadas.

—¿Qué ocurre? ¿De qué tenéis miedo?

—Papá, hay un…hombre en la ventana —le relevó una de ellas al borde del llanto, sin dejar de temblar.

—Claro cariño, es Alfre…

—Le falta un brazo —interrumpió la otra.

Al escucharla pegó un brinco del sofá, accediendo raudo a la habitación de las niñas para volver asomarse por la ventana y divisar que una parte del vallado había caído. Esa sensación de incertidumbre y angustia la había vivido en un sin fin de ocasiones a través de las diversas novelas de terror que había consumido como lector del género. Jamás en la vida real. Salió de la habitación y se dirigió a su esposa que se encontraba abrazada a las niñas con claros síntomas de preocupación. Augurios que se acentuaron cuando su marido se dirigió a ella.

—Cierra bien todas las ventana.

— ¿Pero qué sucede cariño? Nos estás asustando.

—Algo ha entrado al camping. Voy a comprobar que Alfredo se encuentra bien y avisaremos a los demás. No abras la puerta a nadie que no sea yo.

Una vez abandonó la cabaña, Susana cerró echando el pestillo. Juan recorrió la distancia que le separaba de la choza de Alfredo con rapidez reparando al pasar por la barraca del matrimonio longevo que el banco donde se encontraban con anterioridad yacía volcado, aumentando así su ansiedad. Al llegar a su destino, encontró la puerta abierta. A su derecha apoyada en la pared debajo de una pequeña farola que alumbraba la entrada localizó el hacha, advirtiendo que su filo estaba impregnado con la misma sustancia que vio en el cercado tirado.

—¿Alfredo, estas bien? ¿Puedes oírme? —preguntaba mientras accedía con cautela. Subió los dos peldaños que daban al salón escuchando quejidos que provenían de la habitación.

—¿Alfredo, te encuentras bien? —volvió a preguntar, obteniendo como respuesta una tos seca. Llegó al cuarto y encendió la luz encontrando al hombre sentado en uno de los bordes de la cama con la cabeza agachada. Juan se percató de la herida que sufría y confuso se acercó a él para interesarse por su estado de salud.

—¿Que le ha ocurrido? ¿Quién le ha hecho esto? —cuestiones que se quedaron sin respuesta. Juan puso las palmas de sus manos sobre los pómulos del hombre comprobando que estaba ardiendo. Le alzó la cabeza en el momento que los ojos de Alfredo cambiaban…

Emilio y Yolanda ajenos a todo lo que sucedía fuera, se encontraban en la cama con los juegos preliminares antes del practicar el acto sexual y así celebrar su recién adquirido compromiso matrimonial cuando alguien empezó a golpear la puerta con insistencia.

—¿Pero quién será a estas horas? —preguntó Emilio.

—Serán las niñas de Susana. Ya se cansaran y se irán, no hagas caso.

No era la primera vez que eso sucedía ya que ambas niñas habían entablado una gran amistad con Yolanda gracias al trabajo que esta realizaba.

—Es muy tarde para que sean ellas —le contesto Emilio—. Iré a comprobarlo.

Se puso los calzones en el instante que los golpes se acrecentaron.

—¡Ya voy, ya voy! Ni que se estuviera acabando el mundo. ¿Pero qué maneras de llamar son esas? —se cuestionaba según abría la puerta, quedando paralizado al confirmar sus sospechas de que no eran las gemelas. Enfrente tenía dos hombres y una mujer con diversos y brutales desgarros por sus cuerpos. Los ojos del joven quedaron fijos en el lacerado pecho de la chica y en sus abultadas arterias, reaccionando solo cuando avanzaron hacia él a la vez que soltaban un sonido gutural. Emilio agarró el canto de la puerta e intentó cerrarla escuchando como los huesos del brazo de un infectado se fracturaban al interponer su extremidad, impidiendo su cierre. El joven dio varios pasos hacia atrás y tropezó con una mesa de cristal sin poder evitar que varias figuras decorativas de porcelana se cayeran contra el suelo haciéndose añicos. Los venosos accedieron cuando, Yolanda sobresaltada por el ruido, salía de la habitación cubriéndose su desnudo cuerpo con un kimono de seda. Uno de ellos al que se le podía ver su flácido pene, desvió la mirada sobre la chica abandonando el grupo de tres.

De entre los arbustos afloró un reflejo de luz. Miguel permanecía escondido entre unas matas sin poder dar crédito a lo que estaba viendo. Las mismas personas que vio horas atrás, estaban atacando el camping de forma despiadada.

Había llegado apenas cinco minutos y al encontrarse con el panorama se ocultó entre la maleza sin poder evitar tomar alguna foto de lo que allí estaba ocurriendo. Si quería que alguien le creyera, necesitaría tener evidencias. El muchacho permaneció inmóvil casi sin respirar con la incertidumbre del estado de sus abuelos, mientras las horas pasaban intentando no sucumbir al sueño a pesar del agotamiento. Cerró un momento los ojos y cuando los volvió abrir ya había amanecido.

Capítulo 6

La llamada

Miguel se despertó angustiado, maldiciendo como había podido ser tan estúpido de quedarse dormido. Abrió su mochila e engulló el contenido de cafeína que le quedaba en el termo. Apartó varias ramas del matorral donde se encontraba escondido y observó que el camping estaba en una tensa calma ya que a primera vista no había ningún rastro de esas personas en sus alrededores. Miró su reloj cuyas manecillas marcaban las nueve y media. Permaneció un poco más oculto sin dejar de descuidar un instante el campamento, y conjeturando que el peligro había desaparecido, tomó la decisión de salir en dirección a la cabaña de sus abuelos. Apenas tenía medio cuerpo fuera cuando se volvió a camuflar al percibir que alguien o algo se acercaba hacía su posición con ímpetu. Poco después una persona montada en una bicicleta pasó cerca de su lado pudiendo sentir su sofocada respiración.

—¡Aquí, aquí, estoy aquí, detente, detente! —comenzó a

llamarle con un tono de voz lo suficiente elevado para que pudiera oírle.

Frank al escuchar aquella locución volteó la cabeza para ver a Miguel gesticulando, revelando su posición. Apretó con brusquedad las manetas de los frenos derrapando con la rueda trasera. Dejó caer su montura y corrió hacía su posición.

—¡Ayuda, necesito ayuda, mi amigo está herido...—le decía muy excitado, sin parar de parlotear según se aproximaba.

Al llegar a su altura Miguel le cogió por el maillot y tiró de él, introduciéndolo en el improvisado escondite.

—¡Cállate joder, te van a oír! ¡Como sigan aquí, vendrán a por nosotros! —le advirtió.

Al oír esas palabras Frank enmudeció al momento. Tras una tensa espera en un silencio sepulcral, Miguel volvió a retomar la conversación.

—Me vas tomar por un loco, pero tengo pruebas. Venía de hacer unas fotos cuando vi a tres personas atacar a Emilio en su cabaña como si fueran animales salvajes. ¡Joder! ya las había visto con anterioridad en el bosque, estoy seguro que eran ellos, reconocí a uno por una herida en su mano, mira, mira las fotos...

—¿No tendrían los ojos negros?

—¡Sí! ¿Cómo lo sabes? ¿Tú también los vistes?

—No a esas mismas personas, pero a nosotros nos atacó una mujer con esos síntomas que has descrito.

—¿A vosotros? —se interesó frunciendo el ceño.

—Si, somos tres. Uno de mis amigos está herido y necesita evacuación urgente. Está perdiendo mucha sangre. Pasamos la noche en una tienda de campaña donde encontramos un mapa. En el localizamos la ubicación de este camping y he acudido a pedir ayuda... ¿Dónde están ahora esas personas, o lo que coño sean?

—No lo sé, maldita sea. Cerré un momento los ojos y el cansancio hizo el resto. Cuando desperté ya no había nadie. No tengo ni idea si siguen en el camping o si se han ido, pero necesito ir a ver si mis abuelos están bien.

—De acuerdo...perdón ¿Cuál es tu nombre?

—Me llamo Miguel

—Yo soy Frank. —Se presentó extendiéndole la mano.

—Escúchame Miguel. Tenemos que buscar un teléfono con cobertura o algún vehículo para salir de aquí —le sugirió al mismo tiempo que echaba un vistazo al complejo, para ver a una mujer en la ventana de una de las cabañas haciendo aspavientos en la dirección en la que se encontraban. Unas grandes ojeras en su rostro revelaban que había sido una noche larga y complicada.

—Mira Miguel, todavía queda gente.

—Es Susana, tiene dos niñas gemelas. Tenemos que ir a ayudarlas, estarán asustadísimas.

—Está bien, nos reuniremos con ellas y buscaremos la mejor opción para salir de aquí.

—Yo primero tengo que ir comprobar que ha sido de mis abuelos —le apuntó cabizbajo.

Sin dirigirse una palabra más, se separaron cogiendo destinos opuestos. Cuando Frank estaba a punto de llegar, la puerta se abrió accediendo al interior, desobedeciendo Susana con esa acción las indicaciones de su esposo. Se despojó del casco y lo dejó encima de una mesa, donde reposaban dos libros. Las dos niñas estaban sentadas en el sofá con claros síntomas en sus rostros de una noche en vela. La madre, una vez Frank estuvo dentro, volvió a cerrar la puerta y se dirigió al joven ataviado con ropas de ciclista en un estado de alteración casi medicable.

—¿Y mi marido? ¿Dónde está mi marido? —le preguntaba una y otra vez muy enaltecida.

—Lo siento, pero no se quién es su marido. Yo me llamo Frank, y no tengo ni idea qué demonios está sucediendo, pero sin duda es algo grave. Tenemos que mantener la calma y permanecer en silencio. ¿De acuerdo?

Susana muy a su pesar, asentó con la cabeza y regresó con las niñas justo en el momento que aporrearon la puerta.

—Ábreme, soy yo —les comunicó en un tono de locución baja.

El propio Frank fue el que abrió el acceso por su proximidad, para que entrara un jadeante y excitado Miguel, que fue recuperando poco a poco una sofocante respiración. Una vez se estabilizó y antes de contar lo que había descubierto, aconsejó a Susana que se llevara a las niñas a la cocina. La mujer que era la viva imagen de la pesadumbre, no hizo ninguna pregunta y se las llevó, para unirse poco después al dúo, empezando Miguel su narración.

—La puerta de la cabaña de mis abuelos estaba abierta, pero dentro no había nadie. Al regresar me detuve un momento en la de Emilio donde lo encontré... —Tragó saliva para afrontar lo que iba a decir a continuación y prosiguió—. Muerto, joder está muerto, tenía una herida en el cuello ¿Qué está pasando? todo esto es una puta locura. —Terminó al tiempo que se llevaba las manos a la cabeza.

—Tranquilízate, Miguel. Ahora lo primordial es encontrar un teléfono. ¿Tenéis alguno aquí con el que se pueda llamar?

Susana se levantó del sofá de un brinco al escuchar la pregunta.

—Aquí no, pero Alfredo, el encargado tiene uno vía satélite. Es el que usamos si queremos llamar al exterior. También dispone de un vehí…

—¡No, no, no, no! —Interrumpió Miguel la conversación que ambos estaban teniendo. Frank se giró hacia él, para ver que estaba asomado a una de las ventanas, apresurándose a su posición para comprobar con sus propios ojos el motivo de sus lamentaciones. A unos veinte metros se encontraba un grupo de infectados desafiantes. Dentro de aquel conjunto se hallaban los abuelos de Miguel y el marido de Susana con unas impresionantes heridas en sus rostros, que dejaba ver en el caso de Juan su hueso maxilar, otorgándole un aspecto que ponía el bello de punta. Laceraciones que por otra parte él ya había visto en Lucía y lo que era aún más preocupante, también en su amigo Jorge. Su cabeza empezaba a sacar las primeras conclusiones en claro. Una de ellas, que debía de tratarse de algún tipo de virus ya que esas personas estaban sanas antes de ser atacadas, y la segunda, que no todas sobrevivían a la infección. Hacer esa llamada había cobrado aún más importancia.

—¡Mi marido! ¡Ese es mi marido! —decía Susana mientras corría hacia la puerta, deteniéndola Frank ante de que lograrla abrirla.

—Escúcheme. Ese ya no es su esposo y si abre esa puerta no solo lo perderá a él. También caeremos nosotros. Sé que no es fácil, pero tiene que intentar tranquilizarse, por el bien de todos.

Susana asintió con la cabeza a la vez que se secaba las lágrimas y retrocedía varios pasos alejándose de la puerta. Frank se plantó con firmeza en el centro del salón y se dirigió a las dos personas que allí le acompañaban.

—Soy estudiante de química, y por lo que he visto hasta

el momento tiene todos los indicios que debe de tratarse de algún tipo de virus que los vuelve agresivo contra toda persona que no presenten su condición. No tengo la más remota idea si se trasmite por el agua, por el aire, o por algún otro tipo de vía. Pero lo que si se, es que para acabar con ellos hay que destruirles el jodido cerebro. No me preguntéis como lo he averiguado, pues es una larga historia y no disponemos de tiempo para ello. Necesitamos ese teléfono. ¿Cuál es la cabaña del encargado?

Frank se acercó a Miguel que todavía estaba asimilando lo ocurrido con sus abuelos, posando sus manos sobre sus hombros.

—Miguel, siento mucho lo que les ha pasado, pero si queremos sobrevivir necesito que me digas cuál es su cabaña —le expuso haciéndole reaccionar.

—Es la que está en el centro del camping. La reconocerás con facilidad ya que es la única con el tejado de color verde.

—Una cosa más ¿Sabéis cuál es el teléfono de emergencias de la estaci…

—El 103 —le comunicó Susana antes de que pudiera terminar la pregunta.

—Estupendo, pues no perdamos más tiempo.

Frank entró en la habitación de las niñas y subió la persiana, asomándose con cautela comprobando que la parte de atrás estaba despejada. Antes de salir llamó a Miguel y le indicó que una vez estuviera fuera, se asegurase bien de cerrarla. Frank saltó al exterior y avanzó con precaución. Le temblaban las piernas y por dentro estaba aterrado, pero solo pensar en que sus amigos necesitaban su ayuda le otorgaba las fuerzas necesarias para continuar. No daba un paso sin cerciorarse de que no había ningún peligro para su integridad, alcanzando la arista de la penúltima cabaña donde pudo divisar el objetivo al que se encaminaba. Como ya había hecho con anterioridad, se cercioró de que todo estaba despejado, suspiró un par de veces intentando templar los nervios y esprintó hacía el refugio de Alfredo, llegando con el corazón revolucionado al ras de los peldaños. Subió el primero de los escalones deteniéndose antes de poner el pie en el segundo al ver el hacha apoyada en la pared. Herramienta que se adjudicó sin titubear un solo segundo alcanzando por fin al interior. El objeto que buscaba lo encontró con facilidad encima de una pequeña mesa de caoba. Lo cogió, y una vez supo cómo funcionaba lo encendió marcando el 103. Tras varios tonos de espera escuchó una afable voz femenina al otro lado de la línea.

—Estación de esquí, emergencias ¿En qué puedo ayudarle?

—Escúcheme con mucha atención —decía intentando no levantar mucho la voz—. Me llamo Frank, le estoy llamando desde el camping...—abrió el cajón de la mesa localizando un panfleto publicitario donde se podía leer el siguiente reclamo.

"¿Cansado del ruido, la polución y el estrés?. Si es así su sitio está con nosotros. Un lugar de una enorme riqueza natural donde podrá disfrutar de innumerables actividades al aire libre. ¡Le estamos esperando! (Camping Libertad)

—¡Libertad! ¡El camping se llama Libertad! Necesitamos ayuda urgente. Alguna extraña infección que convierte a la gente en seres irracionales y agresivos se está propagando por toda la montaña. Hay una persona muerta que yo sepa hasta el momento y muchos infectados. Sé que parece una puta locura pero solo se pueden detener destruyéndoles el sistema nervioso. Tiene que creerme, no es ninguna broma.

Avise a las autoridades, deben darse prisa. Estamos atrapados en una de las cabañas y no sé cuánto tiempo podremos aguan...—Escuchó el ruido del teléfono al impactar contra el suelo y a continuación gritos—. ¡Oiga! ¿Me escucha? ¿Qué sucede? ¡Señorita!

La llamada se cortó, volviendo a marcar para obtener una línea en comunicación. Repitió esa operación varias veces con el mismo resultado. Sin entender que estaba ocurriendo, cogió el teléfono, una batería de repuesto que había al lado del aparato y se las guardó comenzando a registrar el salón en busca de las llaves del coche. El primer lugar donde echo un vistazo fue a un llavero que estaba situado detrás de la puerta donde se localizaban varios juegos de llaves, comprobando que ninguna pertenecía a ningún vehículo. Tras revisar el salón y la cocina, se dirigió a la habitación donde vio nada más entrar un gran charco de fluidos al pie del camastro. Dejó el hacha en el colchón y bordeó la cama hasta llegar a una mesita de noche abriendo el cajón superior donde halló varios objetos personales del encargado, entre ellos una cartera. Pero sin rastros de lo que buscaba, llegando a la conclusión de que solo podrían estar en dos lugares. O puestas en el trasporte o que aquel hombre las llevara consigo.

Era un riesgo ponerse a buscar a Alfredo sin saber si estaba sano, infectado o muerto. Sin embargo si querían salir tendría que hacerlo siempre y cuando no estuvieran en el vehículo. Antes de marcharse de la cabaña volvió a abrir la mesita y se hizo con la cartera en la que buscó alguna foto del susodicho. Su rostro salía en varios carnes, obteniendo la imagen más nítida en el de identidad. Se grabó sus facciones y la volvió a dejar en el cajón. Al darse la vuelta el estremecimiento fue mayúsculo al ver que ya no estaba solo en esa estancia. Ya no hacía falta que buscara a Alfredo puesto que él lo encontró antes. Estaba en la penumbra del dormitorio con un aspecto que causaba autentico terror, pudiendo ver como la sangre contaminada circulaba por sus desorbitantes venas las que daban la impresión que podían explotar en cualquier instante. Permanecieron unos segundos inmóviles, rota esta pausa por la arremetida del venoso contra Frank. Éste logró evitar la acometida rodando sobre el colchón al mismo tiempo que cogía el hacha. Una vez estuvo en el otro extremo sujetó con firmeza el arma con ambas manos y lanzó su filo contra su atacante fraccionando su cabeza en dos, provocando que Alfredo cayera fulminado en el acto. Frank al ver su encéfalo dividido no pudo evitar que se le removiera todo en su interior. Se armó de valor y haciendo de tripas corazón se arrodillo junto al cuerpo inerte de Alfredo registrando sus bolsillos en busca de las malditas llaves, llevándose una desilusión al no encontrarlas. Frustrado salió de la habitación y se asomó por una de las ventanas del salón corriendo un poco la cortina para avistar un todoterreno aparcado debajo de un tejadillo de uralita a unos cien metros. Con la adrenalina por las nubes salió de la cabaña en su dirección. Al llegar un hilo de esperanza de que estuvieran en el interior le recorrió su ser al verificar que la puerta estaba abierta.

—¡Bien, joder, bien! —exclamó a la vez que bajaba el parasol del asiento del conductor cayendo un juego de llaves en su entrepierna.

—¡Ya vienen! —advirtió Miguel que se mantuvo en todo momento avizor.

El grupo de infectados arremetió contra la cabaña con brutalidad causando que la madera crujiera con estrepito. Miguel accedió a la cocina advirtiendo que la gemelas estaban aterradas. Abrió varios cajones hasta dar con el de los cubiertos del que cogió un cuchillo jamonero, regresando de nuevo al salón.

—Entra en la cocina con las niñas ¡Vamos hazlo! —gritó a una paralizada Susana, que reaccionó solo cuando escuchó la estridencia de cristales rotos provenientes de la alcoba de matrimonio. Acto seguido de aquel ruido se empezaron a sentir pasos, para que segundos después irrumpiera en el salón la figura de un colérico Juan.

Miguel afianzó con fuerza el mango del cuchillo esperando lo que a continuación sucedió. El que hasta hace unas horas fue un intachable cabeza de familia, se abalanzó sobre Miguel pillándolo por sorpresa a pesar de estar en alerta. La embestida fue tan rápida que apenas pudo alzar el utensilio de cocina. Ambos se precipitaron al suelo provocando que la hoja del cuchillo penetrara en toda su totalidad en el estómago del atacante sin que ello fuera impedimento para que el venoso abriera sus mandíbulas para unir a uno más al grupo de infectados o quizás con suerte para él, al de muertos. El joven cerró los ojos asumiendo su dramático final cuando advirtió un golpe en seco. Acto seguido de oír el crujido notó como le caía un fluido caliente sobre la frente. Incrédulo volvió abrir los parpados para ver confuso como la punta de un cuchillo asomaba por la boca de su atacante. Al quitárselo de encima vio a Susana de rodillas con ambas manos tapándose la cara. La mujer le había incrustado un cuchillo a la que fue su pareja sentimental entrando éste por la sutura lambdoidea, y saliéndole por la lámina perpendicular, salvando con esa acción no solo la vida de Miguel si no también la suya propia, y lo que era aún más importante, las de sus hijas.

Miguel la ayudó a levantarse y sin apenas poder agradecérselo la madera de la puerta empezó a ceder. Poco a poco la luz solar empezó a penetrar por la rotura de los listones quebrados. El joven desclavo el cuchillo de la cabeza del que fue su agresor cuando el acceso ya no fue impedimento para los infectados. Las siluetas de dos personas longevas se reflejaron ante sus ojos en el instante que el ruido de un motor sonó cercano, uniéndosele el bullicio de un claxon. La oscuridad se volvió a apoderar por unos momentos de la cabaña al ser la infecta pareja de ancianos arrollados.

—¡Corred, corred, daros prisa! —les gritaba Frank asomando medio cuerpo por la ventanilla del piloto.

Susana accedió a la cocina para salir poco después con las niñas a las que iba guiando al llevarlas con los ojos tapados para así evitar con esa acción que vieran el estado en el que acabó su padre. Los cuatros salieron de la cabaña y se subieron al coche en el instante que los limpia parabrisas se ponían en funcionamiento a toda velocidad limpiando los fluidos de los ancianos que impregnaron la luna. Frank aceleró percatándose al mirar por el retrovisor que Miguel y Susana se hallaban en un estado de desdicha considerable. Actitud que no era para menos, puesto que acababan de perder a sus seres queridos de una forma trágica y de difícil explicación. Sin embargo esa no fue la única visión que tuvo a través del espejo, ya que varios infectados salieron detrás del vehículo a toda velocidad, soltando sonidos indescifrables que les puso los pelos de punta. Frank apretó el acelerador para ver cómo estos se iban haciendo más y más pequeños hasta que desaparecieron por completo de su campo de vision. Una vez fuera de peligro un abatido Miguel, se dirigió a Frank con voz quebrada.

—¿Encontraste el teléfono?

—Sí, logré hacer una llamada. Me lo cogió una operadora, pero apenas pude explicarle lo que estaba sucediendo. Escuché gritos a través de la línea y después la llamada se cortó.

—¿Nos estás diciendo que el virus se ha propagado hasta la estación de esquí?

—No lo sé Miguel…no lo sé.

Capítulo 7

El rescate

Transcurrida una hora desde que Frank emprendiera rumbo al camping.

—Unidad de rescate grupo de montaña a torre de control. Hemos finalizado el rastreo en el sector A sin señales de los desaparecidos. Procedemos a pasar la búsqueda al sector B. Cambio.

—Torre de control. Recibida su nueva posición. Cambio y corto.

Un helicóptero BK 117 de rescate ocupado por tres miembros de la unidad de rescate de alta montaña, el piloto y dos agentes con la graduación de sargento y cabo, especializados en prestar auxilio a las personas accidentadas, pérdidas o aisladas en zonas de montaña o lugares de difícil acceso, se encontraban inmersos en una operación de salvamento. El aparato también se utilizaba para trasladar animales heridos de gran tonelaje y debido a este motivo la cabina estaba separada de la zona de carga por una pantalla de metacrilato de gran grosor.

Al poco tiempo de pasar la exploración a las nuevas coordenadas dieron con algo en un terreno abierto.

—Equipo de rescate a torre de control. Hemos localizado una tienda de campaña en el sector B, zona C 7. Observamos dos personas fuera de la misma. Una de ellas se encuentra abatida e inmóvil sobre la superficie. Desconocemos el estado en el que se encuentra. La segunda lo hace deambulando alrededor de la tienda con claros síntomas de desorientación. Esta última concuerda con la descripción de uno de los desaparecidos según su vestimenta. Procedemos con la maniobra de aterrizaje y evaluar la situación de ambos. Cambio y corto.

Aterrizaron a una distancia prudencial de su objetivo quedándose extrañados al ver que el individuo aturdido no reaccionara al ruido de los rotores.

—Quédate aquí, algo no va bien. Permanece atento —ordenó el mando de mayor rango.

El sargento bajó hacer una primera valoración del cuerpo inerte sorprendiéndose al ver su lamentable aspecto y el extraño líquido que lo rodeaba, pudiendo tan solo certificar su fallecimiento.

—¿Pero qué diablos ha pasado aquí? —pensó.

Confuso y con la imagen de aquella mujer en la cabeza se dirigió a prestar ayuda al segundo sujeto. Según se aproximaba a él empezó a hacerles preguntas para que notara su presencia, y así poder comprobar en qué estado físico y emocional se hallaba.

—¿Oiga, puede oírme? ¿Se encuentra usted bien? —al terminar esta última pregunta por fin logró captar su atención. Al girarse hacía él, el sargento frenó su avance al ver su tétrico y desfigurado rostro donde su labio inferior colgaba de un fino cordel de carne desgarrada. El hombre retrocedió sobre sus propios pasos sumido en la máxima confusión llevándose la mano a su cartuchera.

—¡Caballero, le ruego que se quede dónde está! ¡No siga avanzando! ¡Solo queremos ayudarle!

El venoso en vez de detenerse, fijó su penetrante mirada en el sargento y comenzó a avanzar hacia la posición del suboficial, provocando que éste desenfundara su beretta 92. Arma que nunca había utilizado contra ninguna persona. La llevaba sobre todo para protegerse de los animales salvajes que habitaban en la zona. De hecho, solo la había disparado en el campo de pruebas. Jamás en ninguna operación. Quizás esa ocasión había llegado.

—¡Deténgase, por favor! ¡Deténgase! ¡No se lo volveré a repetir! —dijo en reiteradas ocasiones sin saber que aquel muchacho ya no se pararía por mucho que se lo repitiera y espoleado por los gritos del sargento, emprendió la carrera con furia hacia él, a la vez que liberó un sonido gutural que tronó en las paredes de la montaña.

El sargento al ver que desobedecía sus órdenes efectuó dos disparos. El primero impactó en su hombro izquierdo produciendo que girones de licra, carne y sangre contaminada espolvorizaran un pequeño círculo del ecosistema en forma de nube. El segundo balazo, lo hizo en la zona de los pulmones quedando boquiabierto al ver que esas dos detonaciones no detuvieron su avance. El hombre, sin tiempo para preguntarse porque ese individuo con vestimenta ciclista y sin mentón, no sucumbía, regresó con precipitación al helicóptero donde su compañero observaba lo sucedido escéptico, sin saber cómo reaccionar ante aquella confusa situación.

Llegó al aparato y con medio cuerpo en el interior, pidió al piloto que se elevara cuando Adrián acortó el espacio que les separaba a una velocidad asombrosa, logrando aferrarse a uno de sus tobillos en el momento que el helicóptero empezó a coger altura. Con la extremidad que tenía libre le asestó varios golpes es su ya deformado rostro en un intento de zafarse de él sin poder lograrlo. El infectado bien aferrado, empezó a trepar por la pierna, y al llegar a su gemelo externo se lo arranco de una devastadora dentellada. Los gritos de dolor del sargento eran ensordecedores. Entre tanto lamento pudo entrelazar unas palabras en la que pedía a su compañero que hiciera algo.

—¡Cierre los ojos sargento! —le ordenó mientras cargaba una pistola de bengalas. Dirigió el cañón sobre la cara del atacante y apretó el gatillo penetrando la bengala por uno de sus opacos orificios oculares. El suboficial, al borde del desfallecimiento, sacó fuerzas de flaqueza y propinó una última patada para lograr por fin liberarse del agresor. Adrián cayó desde más de treinta metros impactando contra el terreno con brusquedad, destrozándose el cráneo y la columna vertebral. El cabo agarró a su compañero por la pechera y lo introdujo en el helicóptero.

—¡Torre de control! ¡Hemos sido atacados por uno de los sujetos! ¡El sargento está perdiendo mucha sangre! ¡Solicitamos con urgencia un equipo médico a nuestra llegada! ¡Tiempo estipulado para aterrizar alrededor de unos veinte minutos! ¡Cambio!

—Aquí torre de control, recibido. Cambio y corto.

—Veo tus cinco y subo tres más —les apuntó Tomás a sus otros dos compañeros de oficio, consiguiendo que uno de ellos se retirara de la partida. Esteban confiado, desveló su jugada sacando un póker de damas mientras retiraba el efectivo de la mesa.

—Espera no tan rápido vaquero. —Le detuvo su oponente a modo de guasa a la vez que alzaba las cartas y dejaba ver una escalera de color.

—¿Estás seguro que no tienes ninguna carta escondida? —preguntó Esteban tras llevar Tomás cuatro partidas seguidas ganadas.

—Ir repartiendo y como ganes la próxima hago que te quites el uniforme y te quedes en pelotas aquí mismo. —Sacando con ese comentario las carcajadas a sus compañeros. Esteban se levantó y se dirigió al aseo. Transcurridos unos segundo se escuchó la cisterna.

—Venga vamos, se te acabo la racha te va...—El soniquete del teléfono de la estación le interrumpio. Se aproximó a él y lo descolgó.

—Estación de bomberos, dígame...de acuerdo. Gracias —colgó y se dirigió a sus compañeros.

—Se acabó el recreo, tenemos trabajo. El helicóptero de rescate aterrizará en diez minutos. Algo grabé está sucediendo en su interior. Según el piloto el sargento ha atacado al cabo y ahora están intentando entrar a la cabina.

Capítulo 8

La estación de esquí

L a estación de esquí era la más grande del país. Contaba con diversas infraestructuras: un par de hoteles, un centro comercial, una pequeña estación de bomberos, incluso disponía de su propio hospital de cuatro niveles. En la planta baja o sótano se podía encontrar un completo laboratorio y una sala anexa para el descanso del personal. La primera como no podía ser de otra forma era donde estaba situada la recepción y la sala de espera. En esta misma planta al recorrer un pasillo con varios despachos y un ascensor a ambos lados se ubicaban las escaleras de emergencias. La segunda era donde se localizaban las habitaciones para los pacientes. En este nivel, al igual que en el primero, al final del corredor se hallaba el elevador y un acceso que ofrecía unas escalinatas que llevaban a la azotea donde estaba situado el helipuerto. Para acceder hasta el, tenían que subir varias escaleras y alcanzar un descansillo que les obligaba volver a girar a la izquierda y hacer una última ascensión para llegar a la apertura que daba a mencionado espacio donde esperaban dos enfermeros equipados con una camilla y el material de primeros auxilios, a la espera del helicóptero y de una pareja de agentes de la autoridad avisados por la desconcertante información recibida por el piloto.

—Pues aquí tienen sus tarjetas de acceso. Planta dos, habitaciones doscientos tres y doscientos cuatro. Que pasen un buen fin de semana —les deseó muy amable la recepcionista del hotel más próximo al hospital.

Cristina cogió las llaves magnéticas y entregó una de ellas a Arturo y Alba, la pareja que había invitado para celebrar su mayoría de edad. La otra era para ella y su novio Roberto. Tras un breve viaje en ascensor llegaron al nivel donde estaban sus estancias.

—Bueno, pues nos cambiamos y en media hora nos vemos en la cafetería del hotel y vamos al centro comercial alquilar el equipo de esquiar.

Con ambas parejas de acuerdo accedieron a sus respectivas habitaciones a dejar el equipaje.

—Cariño, me voy a dar una ducha rápida, no tardo —le comunicó Cristina a Roberto que se ofreció para acompañarla, aunque su pensamiento iba más allá de una simple ducha.

—Anda tonto, si no voy a tardar, esta noche seré toda tuya —le apuntó mientras se desnudaba delante suya haciéndole subir su líbido con el dolor que eso conllevaba a su entrepierna. Resignado y ansioso que llegara aquel momento, salió a la terraza de la estancia que ofrecía unas vistas impresionantes de aquel macizo. Introdujo la mano en uno de sus bolsillos y sacó un paquete de tabaco del que sustrajo un mechero seguido de un cigarrillo. Tras varios minutos inspirando su humo y cuando le quedaban escasas dos caladas para consumirlo, empezó a escuchar los rotores de un helicóptero en la lejanía. Terminó el pitillo acortando una de sus inhalaciones y lo tiró al vacío a la vez que se llevaba su mano izquierda a la frente en forma de visera para ver si localizaba el aparato apenas visible en esos instantes. Desvió la mirada hacía el edificio más cercano para ver a dos sanitarios a los que se les unía una pareja de agentes uniformados. Con la otra extremidad y en gesto de cordialidad los saludos, devolviéndole la cortesía uno de los enfermeros al verle.

—Ya estoy, cuando quieras nos podemos ir. —escuchó decir a su novia forjando que volviera al interior del cuarto con una sonrisa olvidándose del autogiro.

Llegaron a la cafetería donde esperaban sus invitados dando buena cuenta de un café caliente. Tras rehusar estos la invitación de una consumición, se encaminaron hacía la salida para dirigirse al establecimiento de alquiler de material de esquí. Según se aproximaban a la salida el ruido de unos rotores se percibía cercano. Las puertas con sensor de movimiento se abrieron al notar la presencia del cuarteto. Al salir la oscuridad se hizo sobre ellos…

Los sanitarios procedieron a preparar el equipo médico con el aparato ya aproximándose, en el momento que la puerta que daba al helipuerto se abrió tras ellos apareciendo dos agentes de la autoridad. En su tensa espera observaron aun muchacho que les saludaba desde una de las terrazas del hotel más próximo, devolviendo el saludo uno de los enfermeros, para ver como el joven al rato se introducía en el interior de su habitación. Trascurridos unos minutos el helicóptero ya era visible en su totalidad, y cuando se disponía a realizar la maniobra de aterrizaje, comenzó a dar bandazos inesperadamente, para sorpresa de las personas que se congregaban en la azotea. El aparato descontrolado, terminó precipitándose sobre la gran muchedumbre que entraba y salía del hotel más cercano al hospital sesgando la vida de los clientes de aquel complejo al instante. Para la sorpresa de muchos no explotó, aunque podía ser cuestión de tiempo que eso ocurriera por la gran dosis de humo que empezó a desprender el motor.

Cantidad de curiosos alertados por el estruendo y la consternación de la gente se asomaron por las ventanas de sus habitaciones para ver el aciago espectáculo. Algunas personas intentaban ayudar a los muchos heridos de diversa consideración, mientras la gran mayoría huían del escenario despavoridos. Los más morbosos, no dudaron en sacar sus móviles y comenzar a grabar la terrible escena a una distancia prudencial para luego subirlo a las redes sociales. No pasó ni un minuto del accidente cuando llegó el camión de bomberos con los integrantes de la unidad seguido muy de cerca de dos ambulancias.

Tomás cogió una de las mangueras del vehículo y procedió a rociar el helicóptero con espuma para prevenir una posible explosión. Esteban junto con Aitor, como así se llamaba el otro compañero, se aproximaron al aparato mientras los miembros del cuerpo sanitario asistían a los heridos. Los bomberos lo primero que divisaron fue al piloto que yacía cadáver a consecuencia de un corte en la yugular producido por un fragmento del quebrantado metacrilato. Se posicionaron enfrente de la puerta de carga del helicóptero e intentaron abrirla, sin poder lograr aquella maniobra al salirse ésta de sus carriles.

Esteban retrocedió al camión para coger una potente sierra industrial, regresando de nuevo junto a la apertura corredera. Tiró del puño de arranque poniéndola en funcionamiento y realizó varios cortes sobre su perímetro, logrando que la puerta se descolgara revelando con su caída que en el interior había movimiento

—¡Hay supervivientes, traer una camill…—La embestida del suboficial saliendo de la cortina de hollín interrumpió el comunicado dirigido a los sanitarios. La acometida fue de tal magnitud, que el bombero perdió el casco antes de dar con su cuerpo contra el suelo dejando su rostro al descubierto, momento en el que su atacante se benefició para arrebatarle parte de su pómulo derecho, sucediendo un acontecimiento que no había acontecido en ninguna de las agresiones anteriores. El bombero se infectó pasados unos segundos. Parecía que el virus cada vez que penetraba en el plasma de sus víctimas se iba adueñando más rápido de su sistema nervioso y de sus funciones motoras, como si estuviera despertando de un largo letargo a pasos agigantados.

El segundo ocupante del aparato al que se le apreciaba ver que le faltaban varias falanges de una de sus manos, hizo lo propio contra Esteban. Éste todavía con la sierra en su poder y por la propia inercia de la acometida alcanzó a interponer la herramienta entre él y su agresor. Los dientes del disco comenzaron a penetrar en su carne destrozando tendones, músculos y huesos a su paso, empapándose por completos de sus fluidos corporales. Con el infectado partido en dos todavía ansiando dañarlo a pesar de su estado y casi sin tiempo para asumir lo que había sucedido se giró para ver como él sargento intentó terminar lo que el cabo no logró, librándose de aquella segunda arremetida gracias a Tomás, que reaccionó dirigiendo el potente cañón de espuma contra el venoso. Maniobra que hizo que saliera despedido varios metros para acabar aterrizando cerca de los sanitarios que se vieron sorprendidos al permanecer ajenos a lo que ocurría, sucumbiendo bajo los efectos del poderoso virus. Los siguientes en sufrir tales muestras de salvajismo fueron los civiles que se hallaban próximos a la escena del siniestro. Los episodios de irracionalidad se estaban produciendo a tal velocidad, que en apenas unos pocos segundos habían pasado de tener un par de infectados en un helicóptero accidentado, a tener una quincena de ellos y otros tantos de muertos. Pero aquel número aumentaba alarmantemente en ambos bandos. Produciéndose el mayor porcentaje en el de los infectados que ya se contaban por docenas.

Esteban corrió hacía la posición de Tomás y sin detener su carrera le dijo que huyera al pasar por su lado. Éste sin pensarlo dos veces dejó caer la manguera que se retorció descontrolada una vez quedó libre y se puso en marcha tras su compañero de faena, sin advertir que eran observados por los tétricos ojos del tercer bombero en su apresurada evasión. Los atroces sucesos se empezaban a contar por cientos produciéndose los ataques por cualquier rincón de la estación. La multitud corría desesperada en su intento por encontrar un lugar donde esconderse, muchos de ellos sucumbiendo antes de conseguirlo. Las escenas de terror cargadas de cólera y hemoglobina se adueñaron del complejo invernal.

—Estás seguro de esto. No me parece a mí buena idea habernos salido de la zona de seguridad —le indicó Pedro a su primo Javier ajenos a lo que estaba sucediendo no muy lejos del desaconsejado punto en el que concurrían.

—Venga anda, no te irás a rajar ahora —respondió el familiar—. Te echo una carrera, el último que llegue paga las copas de esta noche.

Con Pedro aceptando la apuesta a regaña dientes y con la cuenta atrás de tres, se deslizaron montaña abajo montados en sus tablas de snowboard. Javier iba en primera posición seguido muy de cerca de su oponente. Tras varios saltos y unos trescientos metros más adelante ya podían divisar la terminal. Javier había logrado coger una buena ventaja y dándose por ganador, levantó los brazos en un gesto de victoria a la vez que miraba hacia atrás para ver la distancia que había obtenido, cuando de repente una figura femenina se cruzó en su vertiginoso descenso colisionando con ella con brusquedad. Ambos cayeron de bruces contra la blanca y fría superficie. La joven dolorida se reincorporó con rapidez y cojeando ostensiblemente continuó su alocada carrera sin mirar hacia atrás. Javier llegó a la altura de su primo y para asombro del abatido muchacho no se interesó por su estado físico.

—¡Joder! será estúpida. De donde coño ha salido, y tú me podías ayudar a levantarme, en vez de queda...

—Tienes que ver esto —le contestó.

Javier se levantó justo cuando una multitud de gente les sobrepasaba. Tras ellos, lo hacía un grupo todavía mayor con ropas rasgadas e impregnadas de sangre que les salían de sus descomunales lesiones. Al ver lo que les sucedían a algunos rezagados y sin tiempo para preguntarse qué coño estaba pasando se desprendieron de sus tablas de snowboard y salieron corriendo en la misma dirección que lo hacían los demás, abandonando el perímetro de la estación de esquí.

Mientras unos se escabullían hacía el interior del peñasco, otros se dirigieron hacia al parking para coger sus vehículos. Docenas de coches intentaban salir a la vez de aquel siniestro escenario en el que se había convertido el complejo a toda velocidad por una carretera construida para dos carriles.

—Pues ya estamos llegando, que es lo primero que vais

hacer nada mas lleg…

—¡Cuidado!—. Le gritó el copiloto al ver que se aproximaban varios vehículos en dirección contraria adelantando a los que querían salir e iban por su carril. El impacto fue de tal magnitud que originó un choque en cadena donde se vieron involucrados una quincena de vehículos. La pérdida de combustible de algunos utilitarios y una pequeña chispa provocada por la carrocería al rozar el asfalto, provocó que varios coches explosionaran quedando la única salida por carretera bloqueada.

Esteban y Tomás llegaron a la estación de bomberos y accedieron por la salida de vehículos.

—Gracias por lo de antes. —Decía Esteban en posición curvada apoyando las manos sobre sus rodillas—. ¿Qué les está sucediendo a esas personas?

—Esa misma pregunta me estoy haciendo yo. Tenemos que dar la voz de alarma —le comentó Tomás mientras llegaba a la altura del teléfono. Comenzó a marcar el número de emergencias y a falta de introducir el último dígito, auscultó tras de sí un fuerte golpe unido al sonido que hacen las monedas al rodar por el suelo. Al girarse sobresaltado, avistó como el compañero que fue atacado por el sargento había embestido contra Esteban pillándolo totalmente desprevenido mientras recuperaba el aliento. Uno y otro se precipitaron sobre la mesa en la que hace instantes atrás desplumaba a sus camaradas. Éste dejo caer el teléfono y se dirigió a una columna donde se hizo con un extintor anclado a una pilastra. Lo elevó según corría hacía el altercado golpeando la cabeza del ex compañero con todas sus fuerzas. El porrazo fue suficiente para quitárselo de encima, lamentándose por llegar tarde ya que Esteban ofrecía una profunda herida en su figura a la altura de la barbilla. Soltó el artefacto contra incendios y corrió obteniendo unos metros de ventaja hacía los vestuarios, no sin echar un vistazo atrás para ver como Esteban era uno de ellos y el otro ya se incorporaba tras la leve conmoción que le produjo el impacto.

—Mantén la calma. No te muevas. —Se detallaba así mismo mientras el corazón le latía con vigor. Segundos después sus antiguos compañeros de profesión accedían al vestuario…

Pedro y Javier no dejaban de sobrepasar unidades mientras los más rezagados caían presas de sus perseguidores. Pero era cuestión de tiempo que todos los que huyeron a la montaña cayeran en sus fauces y terminaran infectados, ya que el virus les otorgaba una increíble resistencia y fuerza física jamás vista ni en animales ni en humanos, actuando como un impotente hándicap para las unidades que todavía tenían algo de fuerzas para correr, uniéndoseles otro inconveniente al llegar al cauce de un río cuyas aguas bajaban con braveza. Ese imprevisto les hizo detener su avance, coyuntura que sirvió a sus perseguidores para acortar la ventaja obtenida antes de tiempo. Algunos intentaron darse la vuelta viéndose atrapados sin mayores esfuerzos

—¿Qué hacemos primo? —preguntó Pedro.

—¡Quítate la chaqueta y salta! —le ordenó a la vez que se desprendía de su vestimenta y se lanzaba a la fuerte y fría corriente. Pedro al verle hizo lo propio y como si hubieran dado el pistoletazo de salida, los demás integrantes del grupo les siguieron. Algunos que llevaban las pesadas ropas invernales y a causa del pánico no se desligaron de ellas y fueron engullidos por el rio. Una mujer de cabellos pelirrojos paralizada por el terror tardó demasiado en reaccionar y cuando por fin se decidió a saltar, fue embestida por un venoso que logró infectarla antes de caer al bravo caudal. Javier bajaba a gran velocidad procurando mantenerse a flote, cuando divisó una gran roca que sobresalía del afluente. Era una oportunidad que le brindaba el habitad para no morir ahogado y consciente de aquello, hizo un tremendo esfuerzo para aferrarse a ella. La roca tenía las dimensiones justas para dos personas, así que se situó de cara a la corriente desatendiendo las palabras de auxilio de las personas que le tendían la mano para que los ayudara, centrando toda su atención en su familiar al que divisó poco después.

—¡Agárrate a mi mano! —Le gritaba según se aproximaba al pedrusco. Pedro hizo acopio de las pocas energías que todavía gozaba y logró alcanzar la extremidad ofrecida por su primo. Javier lo atrajo hacía él poniéndolo a salvo, entrando un nuevo peligro en escena: la hipotermia...

Capítulo 9

Restableciendo el orden

Gracias a la tecnología, la noticia corrió como la pólvora saltando todas las alarmas. Los primeros en alcanzar la zona, fueron los cuerpos de seguridad locales que se vieron en todo momento sobrepasados. La información que llegaba a la ciudadanía, tanto por televisión como por radio, era bastante caótica. La gran mayoría lo achacaban a un posible ataque terrorista con algún tipo de arma química insólita hasta este instante. El gobierno no tardó en solicitar los servicios de la unidad militar de emergencias que trascurrida cerca de una hora, llegó al escenario estableciendo un perímetro de seguridad alrededor de la estación. Levantaron varios hospitales de campaña y un centro improvisado, desde donde llevarían las operaciones militares. Todo este tinglado lo instauraron a una distancia prudencial del meollo. Un primer helicóptero militar de reconocimiento, sobrevoló la extensión afectada evaluando la situación desde el aire, para informar al centro de mando, de todo lo que acontecía en la blanca superficie ahora teñida de color carmesí.

—Observamos un aparato de la unidad de rescate aéreo accidentado junto a uno de los hoteles y próximo al hospital. Hay una notable afluencia de vehículos ardiendo a consecuencia de una múltiple colisión imposibilitando el acceso por carretera. Tenemos multitud de víctimas sobre el terreno. Se siguen produciendo ataques aislados entre los civiles. Muchos de ellos están huyendo hacia el interior de la montaña. Hay gente asomada en las ventanas de los hoteles que salen a solicitar ayuda a nuestro paso. Procedemos a realizar otra pasada. Cambio y corto.

Pasada media hora de caos absoluto, se informó del cese de toda actividad hostil, quedando el recinto invadido por una horda de infectados que merodeaban la instalación en busca de nuevas presas.

En el centro de operaciones los militares se cuadraron al hacer acto de presencia un hombre de cabellos blancos y un bigote a juego con su recién corte de pelo al número dos por los lados. Su edad, estaba cercana a la media década. Vestía un traje militar de faena y sobre sus hombros, se podían ver dos cocas con tres estrellas doradas en cada una. El coronel Prado, descendía de una familia con miembros en el ejército durante décadas, tanto su padre como su abuelo habían ostentado grandes cargos en el escalafón militar. Acababa de regresar hace tres meses de una importante misión en Afganistán, donde en más de una ocasión, la compañía que tenía bajo su mando tuvo que lidiar con los insurgentes talibanes en las que sufrió numerosas bajas durante las refriegas. Si había un hombre preparado para afrontar tal complicada operación, ese sin duda era él.

Habían desviado todas las llamadas entrantes a la estación de esquí cuando uno de los militares que se hallaba revisando todas las recibidas hasta el momento, pegó un brinco de su asiento al escuchar una que destacaba por encima del resto, provocando que la silla en la que se encontraba saliera rodando, deteniéndose pocos metros después al perder la inercia.

—¡Coronel, debería de oír esto!

Prado se colocó los cascos y escuchó la locución sin apenas pestañear. Al finalizar, cogió papel, un bolígrafo y volvió a rebobinar la cinta para anotar hasta el último detalle. Con todos los datos se dirigió a los militares encargados de aquella función.

—Todas las llamadas que recibáis a partir de ahora se deberán identificar. Si alguno lo hace con el nombre de Frank avisadme de inmediato.

Tras dar aquel dictamen, instauró una reunión con los otros mandos de rango inferior para ponerles al corriente de la información obtenida. El paso siguiente que dio, fue empezar a tomar decisiones. La más significativa y prioritaria era acceder al complejo para sacar a todos los supervivientes.

—Quiero el espacio aéreo cerrado en cincuenta kilómetros a la redonda. Todo aparato que acceda al perímetro de seguridad que no tenga mi autorización personal será obligado a abandonarlo, por las buenas o por las malas. Lo último que necesitamos en estos momentos, son periodistas dando información errónea y que lleve a una alarma social. A partir de estos mismos instantes la montaña queda en estado de cuarentena. Nadie puede salir. Repito. Nadie puede salir. Todo aquel que lo intente será advertido. Si desobedecen la orden usaremos la fuerza. Quiero controles en todas las salidas y helicópteros sobrevolando la zona en todo momento. Avisen al centro nacional de epidemias requiriendo los servicios de la doctora Julia Mateo.

Una vez informados los mandos y trascurridos diez minutos en los que estudiaron sobre los planos de la instalación, como afrontar el asalto, volvieron a organizar otro comité. En esta ocasión con los militares que desafiarían tan ardua tarea. Tras una breve exposición de los hechos, el coronel dio paso al teniente Montero, encargado de llevar mencionada intervención. El citado mando, sentado en la primera fila, se levantó sosteniendo varios folios.

—Muchas gracias coronel. Señores... Nos enfrentamos a un enemigo inédito. Según las primeras informaciones poseen una fuerza y resistencia desconocida hasta el momento. Hemos podido averiguar, a través de una llamada entrante desde el interior de la montaña, que el único punto vulnerable es destruyéndoles el sistema nervioso. Vamos a dividir la misión en dos operativos. La primera labor será despejar los exteriores con la unidad de francotiradores comandada por el sargento Reyes. Una vez concluida con éxito, entraran en acción los equipos especiales de asalto que se dividirán en cuatro grupos con la misión de acceder a los diversos recintos en busca de supervivientes

Con esas últimas indicaciones volvió a tomar la palabra el coronel.

—Una vez concluidas ambas misiones con éxito, estableceremos el centro de operaciones en el hospital, donde la doctora dispondrá de todo lo necesario en el laboratorio que este ubica en su planta inferior. Pongámonos en marcha, y suerte caballeros.

Varios francotiradores equipados con rifles M 110 del calibre siete, con un alcance de ochocientos metros, se desplazaron a posiciones suficientemente elevadas donde poder contemplar bien el escenario a la espera que el sargento Reyes diera luz verde a la operación. El suboficial al mando del operativo se apostó en el punto sur, en el instante que una ligera ventisca comenzó a levantarse dificultando ostensiblemente su campo de visión. Fijó bien el trípode del arma en la nieve y gracias a la potente mirilla, localizó a los primeros objetivos. Ralentizó el pulso y disparó fallando el tiro a consecuencia de una inesperada ráfaga de aire. El proyectil impactó en el pecho del infectado con tal potencia que le hizo doblar las rodillas sin expresar una sola mueca de dolor, sonando una segunda detonación, una vez corregida la fuerza del viento. La bala en esta ocasión, penetró por la parte en la que se une el hueso frontal con el hueso parietal, saliendo por el otro flanco, confirmándose así las indicaciones facilitadas por el teniente Montero, dando el sargento el pistoletazo de salida a las hostilidades.

Mientras los disparos retumbaban desde los diferentes puntos cardinales, una joven aterrada ascendía a toda velocidad las escaleras de su hotel buscando refugio en su habitación. Pocos peldaños por detrás le pisaba los talones un infectado. Llegó a su planta y a la vez que se aproximaba a la puerta de su estancia, introdujo la mano en su bolsillo trasero del que sacó su tarjeta de acceso pasándola por el lector encendiéndose una luz verde. Accedió a ella y antes de poder cerrarla, una pierna se interpuso interrumpiendo la acción. La mujer retrocedió según pedía clemencia, compasión que por otra parte jamás llegaría por parte del venoso que desplegó sus mandíbulas precipitándose sobre la chica al mismo tiempo que ésta cerraba los ojos encogida de terror. La estridencia de un cristal, seguido de un fuerte golpe contra la moqueta de la habitación, llegó a sus oídos para su sorpresa. Al no sentirse agredida, abrió los parpados para ver como el infectado yacía inerte sobre el pavimento con una orificio de bala entre ceja y ceja.

—Zona sur despejada —confirmó Reyes.

Con los puntos norte y este también barridos, tocaba hacerlo sobre la zona oeste. Este punto cardinal era el que daba a la cara de la montaña. Desde el aire se divisaba el camino de tierra que usaban los vehículos autorizados para adentrase al imponente peñasco. Para limpiar esa franja y poder establecer un puesto de control en mencionado acceso, se tuvo que hacer desde uno de los helicópteros. Tras una veintena de detonaciones, se dio por finalizada con éxito esa primera intervención, dando paso a los grupos de asalto que estaban recibiendo, las últimas indicaciones por parte del teniente.

—El equipo uno se encargará del hotel Estaciones. El dos, se dirigirá al complejo donde cayó el helicóptero. Un tercer grupo se desplazará al centro comercial, y el último lo hará sobre el hospital. Una vez saquéis a los supervivientes fuera, serán trasladados por el personal de la unidad médica a las carpas para realizarles un exhaustivo reconocimiento médico. Un pájaro será vuestro ángel de la guarda desde el aire. Tenemos que ser todo lo sincronizados que las circunstancia no lo permita, y recuerden... disparen a la cabeza. ¿Alguna pregunta?

—¡No mi teniente! —Le respondieron todos al unísono.

—Pues en marcha.

Las unidades de intervención iban equipados con fusiles de asalto MP 5 del calibre 9 mm y una segunda arma secundaria: la pistola Glock 18. Una vez todos estuvieron posicionados, recibieron la orden de entrar por parte del jefe de aquella operación a través de sus auriculares Headset. El primer equipo accedió al complejo en formación de doble columna donde fueron recibidos por un quinteto de venosos en el recibidor, abatiéndolos en una perfecta sincronización.

—Planta despejada, nos dirigimos al segundo nivel

—informó uno de los soldados al tiempo que llegaban a las escaleras cambiando la formación a fila de uno. Llegaban a la planta, despejan el pasillo y comprobaban puerta por puerta en busca de sus inquilinos.

El segundo equipo antes de proceder a su cometido, echó un fugaz vistazo al aparato accidentado. Uno de ellos abandonó la formación unos instantes y acabó con el sufrimiento de un venoso cuyo cuerpo estaba seccionado en dos. La formación de asalto era la misma en todos los equipos. Este grupo al entrar no se topó con ninguna resistencia en el vestíbulo. Todo parecía estar en cierta calma, la operación la misma, no dejarse ninguna estancia sin comprobar. Alcanzaron la planta superior cuando inesperadamente la habitación 306 se abrió antes de que ellos llegaran a su altura. De aquella alcoba emergió un grupo de personas que corrieron hacía los militares al percibir su presencia. Sus rostros reflejaban la agonía que estaban viviendo. El último en abandonar la estancia se detuvo unos segundos al escuchar que algo se aproximaba directo a su posición. En un abrir y cerrar de ojos, por uno de los vértices del pasillo apareció una horda de infectados encabezada por el sargento de salvamento, seguido muy de cerca por los miembros del cuerpo sanitario, embistiendo a las últimas unidades del grupo de supervivientes. El equipo de asalto, retrocedió hasta ponerse a cubierto detrás de una de las esquinas, pudiendo solo salvar a los primeros damnificados. La acrecentada masa de contagiados avanzaba hacía ellos por el angosto corredor con la rabia y furia que los definía.

—¡Granadas! —se escuchó alto y claro de la garganta de uno de los miembros del equipo de intervención.

Tras unos pequeños clic, dos artefactos explosivos rodaron por el pasillo detonando al llegar a la altura de los venosos. El estrecho paso se llenó de miembros humanos y fluidos corporales de tonalidad fuliginosa, poniendo así fin a ese segundo operativo.

El equipo destinado al desalojo del centro hospitalario, antes de entrar, procedió con la voladura de la puerta principal con pequeñas cargas de goma dos al tener ésta un mecanismo de seguridad que se activaba en caso de emergencia y cerraba el acceso herméticamente, aislando todas las plantas. Lo que parecía que sería una misión fácil de rescate gracias al sistema, se complicó nada más caer la apertura.

La gente huía desesperada en busca de algún sitio seguro donde refugiarse, encontrándolo un gran número en el hospital mientras sonaba una alarma que anunciaba el cierre de puertas. Un centenar de personas logró acceder antes de que la estridencia acústica remitiera. Todos se creían a salvo hasta que se escuchó la siguiente advertencia.

—¡Le han mordido! ¡Le han mordido!

Tuvieron que descargar varios cargadores antes de poder poner un solo pie en el interior. Al término de la refriega, los cadáveres de los venosos se agolpaban entre ellos. Antes de poder comprobar los siguientes niveles tuvieron que despejar la entrada sacando los cuerpos al exterior. Al llegar a la planta de los pacientes y gracias al aislamiento de las diferentes zonas, solo encontraron personal médico y civil. Civiles que en el momento, en el que la pandemia estalló en la estación de esquí, estaban siendo atendidos por diversas contusiones, sufridas mientras practicaban su actividad deportiva preferida.

El equipo del centro comercial, revisó la primera planta en la que se asentaban las tiendas en su mayoría de material básico para la labor que ofrecía la zona, sin hallar actividad hostil. Oposición que cambió radicalmente según avanzaban hacía el segundo nivel donde se encontraba la zona de ocio al oír gemidos guturales sumados estos a un intenso golpeo. El que comandaba ese cuarto grupo indicó con gesto militar a sus compañeros que se alinearan. Se dejaron llevar por las escaleras metálicas, con el fusil apoyado en el hombro y sin apartar en ningún momento el dedo del gatillo. Al llegar al nivel superior divisaron, un conjunto de contaminados que se agrupaban sobre la salida de emergencia de la sala de cine. Cuando quisieron darse cuenta de la presencia del cuarteto, éstos ya les habían alojado una bala del calibre nueve en sus seseras. Con el enemigo abatido uno de ellos se acercó a la puerta mientras los otros tres establecían un perímetro seguro.

—¿Hay, alguien? ¡Somos militares, os vamos a sacar de aquí, me oyen, si...—Antes de poder terminar, unos pasos a la carrera contestaron a sus preguntas.

—¡Por favor, ayúdennos! —Pudo atender la súplica a través de una voz femenina que sonaba quebrada y temblorosa al otro lado de la hoja.

—¿Puede abrir la puerta desde de su posición? —La mujer empezó a mover la barra horizontal que debería abrirse sin mayores esfuerzos.

—¡No, no puedo abrirla, está atascada!

—¡Está bien! ¡Han debido de romper alguna pieza interior! ¡Apártese, vamos a derribarla!

Reclamó la ayuda de uno de sus compañeros y entre los dos le propinaron sendas patadas con sus imponentes botas Magnum hasta desencajarla. En el interior se encontraba cerca de un centenar de personas de diversas edades, siendo hasta el momento el mayor grupo de supervivientes rescatados: en la gran pantalla estaban pasando la película del actor Arnold Schwarzenegger ´Maggie´.

—Tranquilos, mantengan la calma y diríjanse a la salida, les trasladaran a una zona segura.

—Tenemos movimiento por la cara oeste. —Nada más pronunciar esas palabras el piloto del helicóptero de apoyo, múltiples venosos salieron del interior de la montaña encaminándose a gran velocidad al complejo de ocio. Del cañón automático de la ametralladora M 230, comenzaron a salir 625 balas por minuto. Pero la potente arma y su hándicap de puntería solo pudo abatir un tercio de aquella agrupación y mutilar a otros tantos.

—¡Son demasiados! ¡Tenéis que salir de ahí cagando leches! ¡Se os van a echar encima!

El grupo de civiles que se escondía en el cine, ajenos a las advertencias del piloto, ya estaba llegando a la salida cuando escucharon tras ellos la indicación de uno de los miembro del grupo de asalto.

—¡¡No salgan, vuelvan!! —A estos avisos se les unió el ruido que producían los disparos que efectuaban los militares que les estaban esperando en el exterior. Las detonaciones cesaron, para que poco después los soldados encargados de trasladarlos al cinturón de seguridad, hicieran todo lo contario. El equipo de asalto casi sin tiempo de reacción y al ver como la inmensa horda avanzaba hacía ellos, se resguardaron en la sala de cine, dividiéndose en dos parejas. Una de ellas se asentó en las filas centrales, mientras la otra lo hizo en los asientos inferiores para poder tener todos los ángulos cubiertos.

—¡Necesitamos refuerzos! ¡Un centenar de hostiles, quizás más se dirigen hacía nuestra posición! ¡Estamos atrincherados en la segunda planta del centro comercial en la sala de cine! —Solicitaba ayuda uno de los militares a la vez que empezaban a entrar los primeros venosos. Los disparos iniciales fueron certeros, teniendo que pasa sus fusiles a modo ráfaga debido a la gran aglomeración...

La sincronización de los equipos de asalto a excepción del inoportuno percance sufrido por la unidad cuatro, había sido exitosa. Pero sin apenas tiempo de evaluación, recibieron la orden del teniente Montero de dirigirse al centro comercial con premura a prestar apoyo a sus compañeros.

Tomás llevaba un tiempo que los disparos en el exterior, le llegaban con claridad, señal inequívoca de que la ayuda había llegado. Apenas se podía mover dentro de aquel pequeño habitáculo de chapa donde permanecía escondido. Sin embargo ese no era el mayor de sus problemas ya que percibía que una pareja de ojos le observaban a escasos centímetros...

Al llegar al acceso principal del centro comercial, encontraron multitud de cadáveres tanto de civiles como de militares que no superaron la infección por otro tanto de venosos abatidos por el helicóptero. En el interior, resonaban las detonaciones por parte de sus compañeros que cada vez eran más débiles. En la primera planta experimentaros escasa resistencia. Unos cuantos infectados más aniquilados en las escaleras metálicas y llegaron a la segunda planta donde se hallaba el mayor núcleo de contagiados que intentaban acceder a la sala por encima de los cuerpos postrados sobre la salida de emergencia. Tras una lluvia de balas y fluidos contaminados, despejaron la entrada justo cuando cesaron los disparos provenientes del interior de la sala cinematográfica.

Repusieron cargadores y retiraron los cuerpos que se amontonaban hasta desatascar la entrada. Al irrumpir en la sala, hallaron miembros humanos por todos los lugares y a pesar de llevar mascaras pudieron percibir un leve olor a hierro característico de la sangre. Los asientos estaban completamente segregados de hemoglobina corrompida, teniendo que descargar sus recién emplazada munición contra los venosos que quedaban. Una vez limpia la sala avanzaron con cautela revisando todas las filas. Uno de los soldados se detuvo en las centrales al localizar a dos de sus compañeros. Al acercarse comprobó que uno había fallecido mientras que el otro habría los ojos al mismo tiempo que recibía un disparo de una pistola Glock en la sien. En los últimos asientos sucedió lo mismo al ver como los otros miembros de la unidad se incorporaban con sus arterias claramente visibles.

—El equipo cuatro ha caído…repito… El equipo cuatro ha caído.

El olor que penetraba a través de los respiraderos de la reducida taquilla empezaba a ser insoportable a consecuencia del pútrido aliento proveniente del que hasta hace poco fuese un obsesionado y pulcro hombre con su limpieza vocal. El sitiado bombero tenía una lucha interior contra su estómago, y consciente de quien ganaría esa contienda, reaccionó posando ambas manos con las palmas abiertas en la chapa arrojando la hoja contra sus acometedores con todas sus fuerzas, haciéndoles caer contra un banco de madera sin respaldo. Con ambos fuera de juego por unos instantes, salió del casillero y corrió buscando la salida...

Un grupo de supervivientes bien escoltado por dos filas de militares a cada lado, se dirigían hacía las carpas médicas con apremio cuando uno de los civiles se detuvo.

—¡Infectado! —gritó advirtiendo a sus protectores.

Uno de los militares hincó rodilla y elevó su fusil efectuando un disparo. Tomás cayó contra la blanca superficie en el momento que se escuchó una segunda detonación. Un soldado abandonó la fila aproximándose al bombero, que se hallaba boca abajo con las manos tapándose la cabeza por detrás de la nuca.

—Caballero, tenemos que irnos. —Le informó al tiempo que le ofrecía la mano para que se reincorporara. Tomás se recompuso aceptando la ayuda sin poder evitar echar la vista atrás para ver a los que hasta hace poco fueron unos excelentes compañeros con sendos agujeros de bala sobre sus cabezas, sin poder evitar que la desolación le embargara por completo.

Una vez llevaron a los supervivientes a las carpas médicas donde serían exhaustivamente examinados, emprendieron la ardua misión de recoger los cuerpos separándolos en dos grupos. Mientras que los infectados abatidos, esperarían en carpas aislantes la orden para su incineración, los que fallecieron al contraer el virus, pasarían a ser identificados para su posterior repatriación, siempre y cuando estuvieran seguros de que no hubiera riesgo de contagio. Tras aquella laboriosa e incómoda tarea, establecieron un fuerte dispositivo de control en la zona oeste, instaurando el nuevo centro de operaciones en la segunda planta del hospital. Prado se encontraba con el teniente evaluando lo acontecido con esas primeras intervenciones, en el momento que un soldado hizo acto de presencia pidiendo permiso para hablar según posaba las yemas de sus dedos perfectamente alineados en el lateral derecho de su frente.

—¡Coronel, tenemos un superviviente que dice tener información de primera mano de lo sucedido

—Hágale pasar.

Tomás accedió a la estancia con claros síntomas de fatiga, pero con ganas de contar todo lo que sabía. Toda información por pequeña que fuera era vital para intentar comprender que estaba sucediendo.

—Muy bien caballero, que nos puedes contar.

—Mi nombre es Tomás, como habrá deducido por mis ropas soy un miembro del cuerpo de bombero...bueno ahora mismo el único, ya que mis otros compañeros han fallecido.

—Tragó saliva y les contó todo lo que sucedió desde que el helicóptero se precipitó.

—Ha dicho que regresaban de una misión de rescate. ¿Sabes en qué consistía esta? —Le preguntó Prado.

—Se trataba de la búsqueda de tres jóvenes que se habían extraviado durante una excursión en bicicleta.

—¿No sabría sus nombres por casualidad? —Tomás negó con la cabeza—. Gracias por la información, nos ha sido de gran ayuda. Descanse un poco y no se aleje mucho por si tenemos alguna pregunta más.

Tomás se levantó y abandonó la sala justo cuando otro soldado accedía.

—Mi coronel, la doctora ha llegado.

Prado acompañó al militar hasta la primera planta donde

103

le esperaba una deslumbrante mujer de melena cobriza con mechas doradas.

—Buenos días doctora, me va a tener usted que dar la receta de la pócima que se toma. Cada día está más joven. —Le dijo aun sabiendo que tal receta no existía, ya que todo era debido a una dieta y ejercicio contaste. Tras esa pequeña licencia debido a la confianza que ambos tenían, fue al meollo de la cuestión.

—Acompáñeme y le pondré al tanto de todo.

Tras una breve reunión entre ambos, en la que Julia recabó toda la información, el coronel la guió hasta el laboratorio donde le esperaban cuatro cuerpos: dos de ellos infectados abatidos por los hombres del coronel y la otra pareja fallecidos al ser contagiados. La doctora se puso su inmaculada bata y sin perder ni un segundo más comenzó a sacar muestras de sangre de los cadáveres.

Capítulo 10

Furtivos

Mientras estas eventualidades se producían en la estación de esquí, en el interior de la montaña todavía quedaban muchas personas practicando alguna de las muchas actividades que ofrecía el macizo, ajenas a lo que se les avecinaba.

—¡Entrelaza las manos sobre tu pecho y salta con el cuerpo recto! —Indicó uno de los monitores a la última persona que faltaba por saltar de un grupo de veinte compañeros que se encontraban practicando barranquismo. Mencionada actividad, consistía en la progresión por cañones o barrancos a pie o nadando. Todo había sido organizado por sus jefes, para unir lazos entre los empleados.

La chica indecisa y tras varios intentos fallidos finalmente saltó jaleada por sus compañeros, para ser engullida durante unos segundos por las aguas, para volver a salir poco después a flote gracias al chaleco salvavidas que llevaba puesto. Varios metros más abajo, le esperaba un segundo monitor, que una vez la recogió progresaron hasta el siguiente obstáculo cuando detrás de ellos cayó algo sobresaltándolos. Al girarse vieron un cuerpo flotando al que se le unió un segundo, un tercero, y así hasta contar una docena. El grupo sin salir de su asombro se acercaron a ellos para auxiliarlos sacándolos de las frías aguas comprobando una vez fuera que no tenían pulso. Los monitores preparados para cualquier percance que pudieran sufrir sus clientes, procedieron a efectuarlos la maniobra de Heimlich. Pero apenas empezaron a ejecutar el ejercicio de primeros auxilios cuando se despeñó un último cuerpo que quedó flotando boca abajo, éste a diferencia de los demás no dejaba de chapotear. Un joven de unos veinticinco años abandonó el grupo y se apresuró hacía la chica para sacarla del gélido elemento. Llegó a su altura y la cogió por debajo de las axilas sacándola la cabeza del agua. Al darle la vuelta y ver sus facciones, la volvió a soltar y echó a correr sin apenas poder avanzar unos metros al echársele la venosa de melena taheña encima, falleciendo el joven al ser contagiado. La infectada se centró en su próxima víctima cuando se empezó a sentir el rotor de unas hélices. Segundos después, fue cosida a balazos, desmenuzando su cuerpo por la potencia de la munición. Al finalizar la estridencia del arma pudieron escuchar al piloto del helicóptero como les informaba que la montaña permanecía en cuarentena y las consecuencias que tendría si intentaban abandonarla.

Cada tres meses una gran extensión se acotaba para la temporada de caza, faltando todavía cinco meses para que se diera aquella situación.

—Con esta pieza ya tenemos lo que nos han encargado. Vamos a recoger y nos largamos. —informó uno de los cazadores furtivos de aspecto desaliñado y barba de varios días, con una enorme cicatriz cerca de uno de sus parpados, ocasionada años atrás por el asta de una de sus presas. Llevaban varias temporadas desobedeciendo tal prohibición. Entraban cuando anochecía aprovechando el abrigo que les proporcionaba la oscuridad, cazando por lo normal animales protegidos, que luego vendían a clientes específicos por sus pieles o cornamenta. Sin embargo con lo que no contaban en esta ocasión, era con la pareja de agentes forestales del sector A, que tras una larga noche siguiéndoles los pasos, les observaban desde lo alto de una colina sin perderse ninguno de sus movimientos. Los guardias llevaban varios intentos fallidos llamando a la central solicitando refuerzos al no poder contactar en un primer momento con sus compañeros del sector B.

—Nada, no hay señal. Es insólito que no responda nadie.

—No podemos esperar más o se nos van a escapar. Tendremos que intervenir nosotros solos.

—Ya lo tenemos todo cargado, tenemos que irnos. Llevamos demasiado tiempo expuestos. ¿Pero dónde diablos se ha metido…— Enmudeció al mismo tiempo que le cambiaba el semblante al ver aparecer a la pareja de agentes apuntándoles con sus revólveres del calibre 380 alfa. Uno de los tramperos se hallaba dentro del vehículo y le invitaron a que lo abandonara dejando ver sus manos en todo momento. Otro hizo el amago de coger una escopeta, desistiendo de aquel propósito al recibir un disparo al aire en forma de advertencia. Con los furtivos controlados los posicionaron de rodillas con las manos en la espalda y uno de los agentes con un paquete de bridas comenzó a inmovilizarlos mientras el otro se aseguraba que no hicieran ningún movimiento que pudiera ponerlos en peligro y echara a perder la operación.

Con dos de ellos incapacitados y cuando se disponía a hacerlo con el hombre de la cicatriz, percibió que algo le rozó la oreja según se arrodillaba. Sobresaltado, se incorporó girándose hacía su compañero para ver que estaba pálido. Antes de caer desplomado se llevó la mano al pecho formándose una mancha de color escarlata alrededor de sus prolongaciones provocando que la camisa se impregnara con rapidez de su propio líquido orgánico. Con el compañero encargado de mantenerlos a raya, fuera de juego, el furtivo de la marca en el rostro aprovechó el desconcierto para abalanzarse sobre el otro hombre, comenzando así un fuerte forcejeo que terminó con un disparo. El agente logró sacar su arma y apretó el gatillo metiéndole una bala en el vientre. Con el tipo retorciéndose de dolor en posición fetal, el guardia se recompuso con la intención de rematar aquel bastardo, en el instante que un cuarto clandestino salió de entre la maleza, cerca de la zona donde estaba aparcada la camioneta sosteniendo un potente rifle de caza con silenciador. El funcionario retrocedió buscando refugio a la vez que disparaba su arma. Varios proyectiles fueron a parar contra la chapa de la furgoneta, impactando un par de ellos sobre uno de los individuos inmovilizados que falleció en el acto. El herido de bala se fue arrastrando hasta alcanzar la protección de la furgoneta, seguido de cerca del otro sujeto maniatado. El hombre del rifle abrió la guantera del vehículo sacando una navaja y al mismo tiempo que cortaba la brida se dirigió al agente.

—¡De nada te va a servir esconderte, te vamos a dar caza como un animal! ¿Se te olvidó pedir refuerzos agente?

El hombre recién liberado de sus ataduras intentó asomarse para ver la posición exacta del guarda sin llegar a hacerlo del todo al oír varias detonaciones del revólver del agente.

—¿Pero a quien cojones dispara? —preguntó extrañado al ver que ninguna de la balas impactaba en la chapa.

Las descargas finalizaron dando paso a un terrible alarido que hizo estremecer a los tres furtivos. Trascurrió un tiempo sin que sucediera ningún acontecimiento nuevo, quedando el entorno en una tensa espera. Entonces el furtivo del rifle que se empezaba a decantar como la voz cantante de aquel grupo reaccionó.

—¡Vete a ver qué sucede! —le dictaminó al único hombre que podía hacer tal función al mismo tiempo que le ofrecía una pistola. Éste en un principio se negó, pero el cañón del rifle apuntándole le forjó a desistir de esa primera postura. A regañadientes y blasfemando, cogió la pistola, y abandonó el abrigo que le ofrecía el metal del vehículo.

Él individuo herido accedió a la furgoneta, sentándose en el asiento del copiloto. Al levantarse la camiseta comprobó que necesitaba ir a un hospital con urgencia o en unas horas moriría desangrado. Mientras tanto el cabecilla se apoyó sobre el capó, sacó una cajetilla de tabaco sustrayendo un cigarro que tras llevárselo a la comisura de los labios encendió dando una gran calada. Expulsó el humo y antes de darle una segunda inhalación escuchó a su subordinado pedir auxilio. Tiró el pitillo, girándose para ver como su sometido emergía del bosque perseguido por varios venosos entre los que se acertaba a distinguir por sus ropajes el guardabosque. Al ver el aspecto que presentaban esas personas no dudó en ocupar el asiento del piloto arrancando el motor. Metió primera y pisó el acelerador a fondo levantando una enorme polvareda desamparando a su suerte a aquel hombre.

—¡Mierda tío! ¿Quiénes eran personas? ¿Has visto sus caras? —preguntó el dolorido copiloto, sin recibir ninguna respuesta de su acompañante.

Se alejaron un par de kilómetros cuando la camioneta comenzó a expulsar un humo blanco por la parte del motor. Pocos metros más adelante el vehículo se detuvo por inercia propia. El piloto se bajó y al abrir el capó comprobó que el depósito de aceite tenía un impacto de bala, provocando que el hombre soltara toda clase de improperios según propinaba varias patadas a uno de los neumáticos.

—Se acabó el paseo —le informó al compañero según cogía el rifle de la parte de atrás.

Capítulo 11

Primeras respuestas

La doctora tras un arduo trabajo a contrarreloj ya disponía de los primeros resultados, y se reunió con los mandos en una sala para informales de lo que había averiguado hasta el momento. Hizo una breve presentación sobre su persona para los que no la conocían y sustrajo varias anotaciones de una carpeta donde se podía leer en la solapa ministerio de sanidad. Sacó unas gafas de pasta de color amarillo de uno de los bolsillos de su impoluta bata y procedió a leer los informes.

—Comenzaré con los que fueron infectados. Estos presentan una única herida, ensalzándose como la primera vía para que la infección acceda al organismo, aunque todavía es pronto y no podemos descartar otros métodos de contagio. Las partículas contaminadas se apoderan del sistema nervioso y sus motrices. Su genética cambia por completo otorgándoles una fuerza y resistencia fuera de lo investigado hasta la fecha en los seres humanos. Otro apartado inverosímil es el de la sangre que pasa a coger una tonalidad negruzca. Aparte de lo explicado hay dos coincidencias más en ellos que se pueden apreciar a simple vista. La primera, es el cambio que sufren sus escleróticas que se tornan a la misma coloración que la sangre. La segunda, es la hinchazón que sufren sus venas. Esto es lo que tenemos hasta el momento con respecto a los infectados. —Hizo una pausa para abrir una pequeña botella de agua mineral y le dio un par de tragos cambiando de informes—, lo averiguado hasta ahora en lo referente a los que fallecieron al penetrar el virus en su organismo, es que sorprendentemente son del mismo grupo sanguíneo. Estos eritrocitos se defienden de la amenaza, provocando que el cuerpo haga un esfuerzo sobrehumano en su función de expulsar las bacterias enemigas sufriendo un caro peaje. Aconsejo que sigan manteniendo la cuarentena hasta estar cien por cien seguros a lo que nos estamos enfrentando…y por último pero no menos importante es de vital importancia localizar el origen de la cepa si la hubiera. Eso nos facilitaría mucho el trabajo para una posible vacuna.

El coronel una vez finalizó la doctora su exposición, trasladó dicha pesquisa a las altas estancias del país. Entre mencionadas revelaciones también les requirió cerrar todos los accesos a la ciudad. No se podían permitir que se extendiera más allá de los límites de la montaña, ya que no tenían la certeza de que alguno hubiera podido escapar antes de que ellos llegaran y establecieran los controles. Rezaba para que eso no hubiera sucedido…

Capítulo 12

Incertidumbre

Una vez fuera de peligro y lejos del camping, Frank detuvo el vehículo. Susana se encontraba abrazando a las niñas, cuyos rostros dejaban ver el cansancio acumulado. Las hablaba de asuntos ajenos a todo lo que estaba pasando, pretendiendo evitar que la preguntaran por el paradero de su progenitor. No estaba preparada, ni creía que era el momento de abordar aquella dolorosa conversación.

—¿Qué sucede Frank? ¿Por qué paramos? Tenemos que llegar a la estación cuanto antes.

—No me puedo ir sin mis amigos, Miguel. No tengo muchas esperanzas de que Jorge siga con nosotros. Pero tengo la confianza que Adrian sí. La incertidumbre me está matando y no me iré de aquí hasta comprobarlo —les comunicó mientras sacaba el mapa de la mochila.

No lo discutieron demasiado pues se sentían en deuda con él, ya que si no llega a ser por su coraje no estarían teniendo esa conversación. Con la aprobación del grupo Frank le entregó el plano al copiloto para que le fuera guiando. Unos kilómetros más adelante, llegaron a un cruce donde había un cartel con varias indicaciones. Una de ellas avisaba de la proximidad de un puesto de guardias forestales.

—Nos coge de camino Frank, deberíamos acercarnos e informarles de lo que está sucediendo, si no lo saben ya. En todo caso ellos nos podrán ayudar.

—Sí, estoy de acuerdo contigo, ellos sabrán que hacer.

Tras recorrer unos dos mil metros más, pudieron divisar el puesto. Era una caseta prefabricada de color verde de dos plantas. Llegaron a su posición y estacionaron cerca del acceso principal. Frank y Miguel se bajaron dirigiéndose a la apertura golpeándola con insistencia sin obtener ningún resultado. Miguel se separó y echó un vistazo a sus alrededores detectando un par de vehículos de dos ruedas aparcados en uno de los laterales del complejo. Se acercó y las tanteó, volviendo junto a Frank.

—No deben de estar muy lejos, los tubos de escape todavía están calientes.

—Echemos un vistazo a la parte de atrás, quizás haya otra entrada.Bordearon la barraca localizando otro acceso, que a diferencia del principal estaba abierto. Frank se apresuró con decisión a ella cuando Miguel frenó su ímpetu.

—Espera Frank. Creo que no va a ser buena idea… llegaron antes que nosotros.

El joven detuvo su avance y retrocedió varios pasos hacía Miguel, que se encontraba mirando el interior de la choza a través de una de sus ventanas, divisando el motivo de la sugerencia al unírsele. El cuerpo de uno de los guardias se hallaba en el suelo de madera junto a un gran charco de sangre.

—Tenemos que irnos de aquí, puede que estén cerca.

—Vamos a entrar Miguel. Quizás que el compañero este

114

dentro y necesite ayuda.

—Sí, y también puede que sea una de esas cosas —le expresó sin mucho convencimiento con aquella decisión.

—Si se hubiera convertido ya habría salido a por nosotros. Además aprovecharemos y cogeremos algo de comer, lo haremos rápido. Espérame aquí ahora vuelvo.

Frank se apresuró al coche armándose con el hacha. A continuación se dirigió a Susana informándola de lo que iban hacer y que se quedaran en el vehículo con las puertas cerradas.

Volvió a reunirse con Miguel y ambos accedieron al interior. Lo primero que hizo Frank fue tapar el cuerpo con una manta que cogió de un sofá desgastado de piel. Al revisar la primera planta sin hallar ningún indicio del compañero, Frank le dijo a Miguel que cogiera todo lo que pudiera serles de ayuda de una pequeña cocina mientras él comprobaba la segunda planta. El joven aficionado a la fotografía se apropió de una mochila grande que precisó a ver sobre una mesa en la que se podía leer en uno de sus laterales, departamento forestal. Con la bolsa en mano entró en la cocina procediendo a registrar la nevera y los estantes.

Frank llegó al segundo nivel donde solo se apreciaba una sala cerrada con un candado, alzando el hacha para reventarlo de un certero golpe. Al empujar la puerta se topó con el motivo de que aquella estancia poseyera una cerradura. El culpable era un armero con varias escopetas de doble cañón en su interior. Sin pensárselo dos veces, rompió la vitrina con la empuñadura de la herramienta fabricada principalmente para cortar leña. Miguel en la primera planta dejó caer una pieza de fruta contra el suelo al sobresaltarse debido a la estridencia que produjo la rotura del cristal saliendo a toda velocidad de la cocina. Subió las escaleras de dos en dos serenándose al ver el móvil de su inquietud.

—Joder tío me vas a causar un jodido ataque. Tengo los nervios a flor de piel con toda esta mierda. —Frank se disculpó y alcanzó otra mochila negra sin ningún tipo de logotipo que descansaba en una de las esquinas de la habitación. La abrió y mientras sacaba de ella lo que ostentaba en su interior le indicó a Miguel que le fuera acercando las armas.

—¿Sabes usarlas? —le preguntó un extrañado Miguel al mismo tiempo que se las proporcionaba

—¿Conoces el juego del Airsoft?

—No —le contestó a la vez que fruncía el ceño desconcertado.

—Bueno, pues consiste en jugar con réplicas de armamento real. El mecanismo es el mismo a excepción del retroceso y de que estas si te joden vivo…esperemos no tener que usarlas.

Las introdujo junto a la única caja de cartuchos que contaba con la mitad de los proyectiles. Antes de salir visualizó una camilla plegable, viniéndole por un instante la imagen de Jorge tumbado sobre el colchón hinchable de la tienda. Aunque no tenía muchas esperanzas, ese objeto sería perfecto si por alguna remota casualidad siguiera vivo. Le dio el hacha a Miguel y se hizo con ella

—Venga, ya nos podemos ir.

Al volver a la planta inferior, Miguel le informó que no había encontrado gran cosa en la cocina, no obstante creía que sería suficiente para saciar la sed y el hambre. Una vez se apoderó de nuevo de la mochila con los suministros y antes de volver junto a las chicas, Frank se detuvo un instante junto al cuerpo del agente, retirando la manta para quitarle su cinturón del pantalón compuesto de un walkie talkie, unas esposas, un revolver del mismo modelo que llevaban los guardas que se enfrentaron a los cazadores furtivos y varias balas que rodeaban el cinto. Lo incluyó con las escopetas, y cuando se disponía a volver a taparlo, el corazón le dio un vuelco al oír los gritos de las niñas por encima del alarido de su progenitora. Ambos salieron disparados hacía el vehículo tomando una ligera ventaja Frank, que al tener enfrente el todoterreno vio como un hombre corpulento uniformado con un fuerte desgarramiento en su bíceps derecho golpeaba con insistencia los cristales traseros, dejando de hacerlo solo cuando percibió la presencia de los dos muchachos detrás de él cambiando al instante de objetivos. El venoso nada más verlos arrancó hacía ellos lleno de cólera recordando a un atleta de los cien metros lisos. Frank al ver como se aproximaba dejó caer los objetos que sostenía liberando ambas manos. Las culatas de las escopetas asomaban por uno de los laterales de la bolsa apoderándose de una esperando que estuviera cargada. Sabía que no tenía tiempo para hacer esa operación pues lo tenía prácticamente encima.

Apoyó la culata sobre su hombro al mismo tiempo que quitaba el seguro, y apretaba el gatillo cuando el infectado alcanzó una distancia peligrosa para su integridad, reflejéndose una pequeña mueca de dolor en su rostro a consecuencia del retroceso. Decenas de perdigones impactaron contra el rostro del venoso velocista desfigurándole medio semblante, esparciendo sus sesos por el terreno. Con las pulsaciones regresando a su estado normal después de la tensión sufrida y tirando de sangre fría le quitó el cinto al igual que hizo con su compañero.

—Ya está, ya pasó. Hemos traído comida y agua —les comunicó al tiempo que entraba al coche procurando que sus palabras sonarán tranquilizadoras. Bebió un poco de agua, antes de volver a ocupar de nuevo su asiento reanudando así la marcha.

Tras recorrer varios kilómetros más, y pasar otras cuantas bifurcaciones, Miguel le indicó que detuviera el vehículo.

—Según el plano es aquí. Desde este punto si atravesamos el bosque en línea recta daremos con la posición de tus amigos.

Frank detuvo el vehículo y apagó el contacto sin quitar las llaves.

—Iré solo. Miguel tú quédate con las chicas —le apuntó según sacaba una de las escopetas y un revólver. Comprobó que ambas estuvieran cargadas y le dio una breve clase sobre el mecanismo de ambas, recalcándole que en el caso de tener que usarla las sujetara con firmeza por la contundencia del retorno. El mismo había comprobado en sus carnes el dolor que podía causar instantes atrás.

Se hizo con una de las cartucheras junto con la camilla y descendió del vehículo para desaparecer entre la espesura forestal. Según se aproximaba, las piernas le empezaron a temblar, teniendo que parar en un par de ocasiones para recomponerse. A este malestar se le unió una tremenda sensación de desasosiego que se acentuó al tener de nuevo a la vista la tienda. Echó a correr hacía ella, alcanzando unos metros más adelante un cadáver que reconoció por su vestimenta, sin poder evitar caer hundido mentalmente a su lado. Las lágrimas comenzaron a brotar de sus ojos deslizándose sin desenfreno por sus mejillas. Pasaron varios segundos donde los recuerdos de sus amigos se recopilaban en su cabeza. Al volver a la realidad alzó la vista y tanteó el terreno fijando la vista en el cartucho de la bengala y como la hierba estaba alterada en un punto en concreto de forma no natural. Pero apenas tuvo unos segundos para reflexionar que pudo ocurrir cuando sintió actividad dentro del refugio de material impermeable.

—¡Jorge! —Gritó según se incorporaba, apresurándose a su interior. Al acceder el pequeño hilo de esperanza que tenía de encontrarlo sano se desvaneció. Aquel joven que iba a sus clases de ciclo indoor un par de días a la semana nada más verle aparecer se excitó de una manera sobrehumana y comenzó a lanzar rápidas dentadas a la vez que alzaba los brazos hacía su figura estirando todo lo que podía sus falanges. Frank muy a su pesar y deshecho por dentro sabía que no lo podía dejar en ese estado, así que se secó las lágrimas y desenfundó el revólver.

—Siento que os haya pasado esto, nunca os olvidaré.

Encañonó el arma hacía su cabeza y cerró los ojos según apretaba el gatillo. La estridencia hizo que los pájaros que se apostaban en las ramas de los arboles salieran despavoridos. Fue tal el estruendo que llegó a los oídos del grupo que le esperaba en el interior del todoterreno aparcado en la cuneta. Miguel al percibirlo y sin titubear un segundo echó mano al walkie talkie.

—¡Frank me recibes! ¿Estás bien? ¡Joder, hemos oído un disparo!

Al no recibir respuestas examinó el aparato transmisor y cuando se disponía a toquetear el botón de la frecuencia convencido a que el problema era por motivos de sintonización, Frank se puso en contacto con él.

—Tranquilos, he sido yo, el que ha disparado…—se hizo una larga pausa...—en un momento estoy con vosotros.

Miguel al escuchar que hablaba en singular le volvió hacer un par de preguntas.

—¿Cómo que vuelves? ¿No has encontrado a tus amigos?

El aparato volvió a estar otros largos segundos en silencio.

—Estaban infectados...tengo que hacer una última cosa y me reuniré de nuevo con vosotros.

Frank cortó la comunicación y agarró por los pies a Adrián arrastrándolo al interior de la tienda. Antes de tomar el camino de vuelta proyectó una última mirada a los cuerpos de sus compañeros. Miramiento que manifestaba un póstumo adiós.

Capítulo 13
La casa rural

—Mamá, me hago pis —le avisó una de las niñas a Susana.

—Miguel, Silvia necesitar orinar.

—No se puede aguantar hasta que llegue Frank, no quiero que vayáis solas, es muy peligroso.

—¡Mamá, no aguanto más!

Miguel se giró para ver que a la niña se le había escapado un poco de orina formando una pequeña mancha en sus leggins.

—Está bien, ir, pero no os alejéis mucho y daos prisa, por favor.

Susana descendió del vehículo con la adolescente y se adentraron en el bosque, lo suficiente para que la joven tuviera un poco de intimidad. Cada segundo que pasaba, el nerviosismo del Miguel iba en aumento, llegando a su nivel más alto al verlas regresar, angustiadas y apresuradamente, sin dejar de mirar a sus espaldas, obligándole a abandonar el vehículo con rostro turbado.

—¿Qué sucede?

—Hemos escuchado ruido, alguien se aproxima. Quizás solo sea un animal.

El muchacho no esperó a averiguar de qué se trataba y tomó precauciones, acercándose a la parte de atrás del todoterreno donde esperaba una atenta e inquieta Sandra asomada a la ventana. Cogió una de las escopetas y depositó el revolver en la mochila.

—¡Entrad en el coche y echad los cerrojos!

Miguel se alejó un poco encañonando el arma al punto por donde habían regresado. Poco después comenzaron a llegar a sus oídos el chasquear de las ramas secas al fracturarse por el peso de alguien o algo. Fuese lo que fuese lo tendría enfrente muy pronto, y así sucedió. De entre los arboles salió un individuo con rostro pálido y con claros síntomas de debilidad, dando la impresión que en cualquier momento podía caer desfallecido. Su camiseta de camuflaje estaba impregnada de sangre, procedente de una herida en su abdomen. El color del líquido hizo apaciguar la inquietud del joven. Sin embargo no por ello dejó de apuntarle, ya que algo en su interior le decía que no debía de hacerlo.

—No dé un paso más, quédese donde está.

—Tranquilo, baja el arma, solo quiero salir de este bosque, necesito ayuda médica, vienen hacía aquí y no tenemos mucho tie... —una tos seca acompañada de un fuerte retortijón que le hizo doblar las piernas, interrumpió su narración.

—¿Qué le ha pasado, cómo se ha hecho esa herida?

—¡Joder, te he dicho que ya vienen! —le comunicó a duras penas.

—No le voy ayudar hasta que me diga cómo se la hizo ¿Le han mordido? ¿Necesito saber si le han mord... —Miguel no llegó a terminar la pregunta al ser interrumpido por otro cazador que salió encañonando la parte trasera del todoterreno con un rifle equipado con silenciador.

—Baja el arma y entrégasela, no lo repetiré una segunda vez —le comunicó en tono amenazante.

—Esta bien, haré lo que ustedes digan pero no les hagáis daño —decía según entregaba la escopeta al compañero.

—Así me gusta, buen chico ¡Y ahora salir del puto coche!

Susana bajó un poco la ventanilla y se dirigió al hombre que cada vez estaba más inquieto.

—Por favor, podemos salir todos de aquí, hay espacio suficiente en el coche. No nos pueden dejar aquí abandonados.

El hombre negó con la cabeza y posó su dedo índice en el gatillo. No contemplaba la opción de abandonar la montaña sin las piezas cazadas. Tenía una reputación que mantener entre sus clientes carentes de escrúpulos y la parte trasera de aquel trasporte era ideal para tal asunto. Sin embargo con lo que no contaban era con un cuarto miembro que permanecía oculto entre la maleza contemplándolo todo, estando al tanto que debía de hacer algo y pronto a consecuencia del nivel de alteración de aquel individuo. No estaba dispuesto a perder el vehículo y mucho menos permitir que hicieran daño a sus ocupantes. Al no tener una visión clara de aquel sujeto, descartó la opción de usar el revólver, optando por coger una piedra que lanzó al otro lado del camino en un conato desesperado por confundirlos, surgiendo en esos hombres el efecto deseado, con aquel improvisado y a la vez simple plan que había visto en decenas de películas de serie b.

—¡Están aquí! ¡Tenemos que irnos ya! —gritó el debilitado furtivo al percibir el ruido que hizo la piedra al rodar por el terreno cubierto de hojas marchitas, escuchándose un disparo nada más terminar sus advertencias. Frank, temiendo lo peor, salió raudo de su escondrijo para llevarse una tremenda y a la vez grata sorpresa al llegar a la altura del vehículo. Susana aprovechando el desconcierto había cogido el otro revolver asomando su cañón por el recoveco de la ventana efectuando un disparo sobre el cazador el cual se retorcía de dolor a consecuencia de un balazo sobre su hombro derecho. Al parecer en el curso exprés del manejo de las armas, Susana había permanecido muy atenta. Mientras la mujer se frotaba ambas muñecas con claros gesto de dolor, y Frank se apropiaba del rifle, a escasos metros Miguel embistió contra el otro hombre. El individuo al caer de espaldas perdió el arma, oportunidad que sirvió para recuperarla y suminístrale un fuerte golpe en la nuca con la culata dejándole al borde de la inconsciencia.

Frank le pidió a Susana que le facilitara las esposas que poseían los cinturones, y una vez las tuvo en su poder le arrojó un juego a Miguel.

—¿Qué vamos a hacer con ellos? —preguntó una vez inmovilizaron a los dos furtivos.

Nadie le había otorgado a Frank el mando, pero según fueron desarrollándose los acontecimientos empezaba a mostrarse como un auténtico líder. Hechos que no pasaron desapercibidos para el resto del grupo que comenzaron a tratarle como tal. Si no llega a ser por algunas de sus decisiones las posibilidades de que hubieran acabado como el resto de la gente hubieran sido elevadas.

—Nos los llevaremos con nosotros y se los entregaremos a las autoridades. Algo me dice que nos lo agradecerán. —El cazador impedido por Miguel comenzó a reírse con intensidad, llegando casi a la locura.

—¿Qué es lo que te hace tanta gracia de esta situación? —le preguntó Frank sin entender el motivo del carcajeo.

—¿Creéis que vais a salir tan fácil de esta montaña? esas malditas cosas están por todas partes, hay cientos de ellos. —Terminó su dictamen expeliendo un gran escupitajo donde abundaba la sangre.

Frank permaneció unos instantes pensativos al escuchar esas palabras, sin poder evitar que un sentimiento de angustia se apoderada de él.

—¿Te encuentras bien? —se interesó Miguel.

—Sí, sí, perdón. Venga, vayámonos de aquí.

Introdujeron a ambos hombres en los últimos asientos del vehículo y se pusieron de nuevo en marcha.

Transcurridos veinte minutos de la reanudación llegaron a un cruce donde había un cartel indicativo con dos direcciones. La de la izquierda marcaba que a unos mil metros se encontraba una casa rural, poniendo toda su atención en el anunciado de la derecha que informaba la distancia que les separaba de la estación de esquí. Si todo iba bien en una hora y media más o menos llegarían. Pero apenas tomaron la bifurcación, cuando en el panel de control del vehículo se encendió un piloto avisándoles que les quedaba poco combustible. Frank detuvo el todoterreno y se maldijo por lo estúpido que había sido en no comprobar el estado del carburante.

—No me lo puedo creer, esto debe ser una broma. No podemos continuar. Nos quedaríamos a medio camino y no creo que sea buena idea hacerlo en medio de la noche. —Y razón no le faltaba ya que el sol empezaba a ocultarse. Echó un breve vistazo por el retrovisor interior observando al cazador herido en el vientre recordando sus palabras. "Hay cientos de ellos"—. Tenemos que llegar hasta la casa rural y pasar allí la noche. Quizás quede gente ajena a todo esto, y si no fuera así puede que tengan combustible. Sin ninguna otra elección y resignado, maniobró el vehículo para poner rumbo al nuevo e improvisado destino. Un kilómetro más adelante llegaron a una antigua masía de piedra y madera totalmente reformada. La puerta principal estaba abierta de par en par. Varias luces permanecían encendidas en el interior y de una gran chimenea de pizarra salía una animosa humareda. El espacio reservado para un estacionamiento tipo mini bus estaba desocupado, estacionando en aquella plaza. Todos los indicios daban a entender que los inquilinos habían abandonado el lugar a toda prisa.

Miguel y Frank tras tener una breve charla notificaron a Susana que bajarían ellos primero e inspeccionarían la zona. Viendo como la mujer se desenvolvió en el percance con los cazadores se despreocuparon de dejarlas a solas con ellos. Se equiparon con las escopeta y accedieron a la casa, topándose con un pequeño recibidor nada más entrar. Al sobrepasarlo dieron con un pasillo con varias puertas situadas a ambos lados. La primera a mano izquierda daba a un gran salón presidido por una chimenea en una vigorosa combustión. Se sentía una agradable melodía de fondo proveniente del hilo musical. La acogedora estancia poseía una pequeña biblioteca con libros de diversos tamaños y grosor donde destacaba una voluptuosa enciclopedia, completando el mobiliario una barra donde los clientes podían tomar un café caliente o saborear un buen licor. Tras echar un breve vistazo a aquella sala, accedieron por la puerta de la derecha hallando la cocina. Un intenso olor a quemado golpeó sus fosas nasales, proveniente el chamuscado aroma de varias cacerolas situadas en los fogones todavía encendidos. Dentro de la sala aparte de los muebles de cocina había dos puertas. La primera no la abrieron ya que sabían que era la despensa gracias a un cartel informativo pegado en el centro de la hoja. La segunda situada en el fondo, al lado de una ventana era la que daba a la zona de atrás. Apagaron los fuegos y volvieron a salir al pasillo. Una vez comprobaron los aseos situados al final del corredor, accedieron por la última abertura que les llevaría a unas habitaciones amplias con tonos cálidos, decorados con muebles vintage y camas de antaño. Sin embargo tenían otra característica que las unía aún más, ya que todos sus arrendatarios habían abandonado sus aposentos sin recoger sus pertenencias. Avanzaron despacio revisando cada habitación hasta toparse con una última sala cuya puerta estaba abierta. Una pequeña placa en unos de sus laterales les informaba que si la excedían se toparían con un jacuzzi. Lo que no esperaban encontrar al sobrepasar la puerta fue que dentro de la bañera de burbujas se encontraban dos cuerpos desnudos flotando boca abajo. La trasparente y espumosa agua se había teñido de color púrpura. Quitando esa macabra escena, parecía que el lugar era seguro para pasar la noche.

—Miguel llévatelos a todos al salón, luego decidiremos como nos organizamos. Yo iré a echar un vistazo a la parte trasera a ver si encuentro gasoil.

Una vez regresaron a la primera planta, Frank entró en la cocina y abandonó el complejo por la puerta de servicio. Lo primero que encontró fueron varios cubos de basura, localizando lo que buscaba apenas rebasó los recipientes. Cerca de donde empezaba de nuevo el frondoso bosque y junto a una farola que se encendió automáticamente gracias aún dispositivo de movimiento y debajo de su halo de luz, encontró un depósito de gasoil cuya función era con toda seguridad la de hacer funcionar la calefacción interior. Estaba vallado y cerrado con una gruesa cadena unida en sus extremos por un candado.

Susana, las niñas, junto a los furtivos custodiados en todo momento por Miguel accedieron al salón. Mientras las adolescentes se dejaron caer sobre un sofá de cuatro plazas de ante pardo, la madre ayudó a Miguel a esposar a los hombres a un radiador antiguo anclado a la pared. Segundos después se les unió Frank.

—Hay un depósito de gasoil en la parte de atrás. Cogeré algunas garrafas de la cocina y llenaré el surtidor. Deberíamos de bajar algunos colchones y pasar la noche todos juntos ¿Qué os parece? —Susana y Miguel asintieron con la cabeza aquella propuesta.

Frank antes de buscar los recipientes hizo una parada en el recibidor donde habían varios juegos de llaves procediendo a revisarlas hasta hallar unas en las que se podía leer en su llavero: depósito de gasoil. Se las guardó en el bolsillo y volvió a la sala de los fogones donde no tardó en localizar varias botellas de agua mineral de cinco litros de capacidad que vació en la pila, mientras el estudiante de periodismo se encaminaba a las habitaciones a por unos somieres.

Una vez terminó de llenar el tanque del coche, y antes de regresar al salón echó un breve vistazo a la fachada atinando a ver que la casa rural disponía de sistema de alarma. Accedió al interior deteniéndose de nuevo en el vestíbulo para abrir un primer cajón del mueble de la recepción donde había varios panfletos que ofrecían a los inquilinos la oportunidad de visitar un refugio animal. Sin darle la mayor importancia los dejó en su sitio y lo cerró, registrando acto seguido un segundo estante donde encontró un libro con el logotipo de la empresa de seguridad encargada de la alarma.

Tras pasar varias páginas, se detuvo en las centrales donde estaban anotados los códigos de activación y desactivación, llevándose una grata sorpresa al entrar de nuevo en el salón. Sobre una mesa de roble macizo con un bonito dibujo tallado sobre sus patas, Susana había preparado un pequeño tentempié, descartando por su agradable olor que fueran los alimentos de las cazuelas. Aquellos comestibles los había cogido de la nevera, teniendo solo que pasarlos unos minutos por el microondas. Con toda probabilidad seria el menú que ofrecía para la cena de esa noche aquel complejo. Frank antes de ocupar su asiento en la mesa se aproximó a Miguel.

—Mira, la casa dispone de sistema de alarma. He encontrado los códigos para conectarla. La podemos activar y así evitar hacer guardias ¿Qué opinas?

—Me parece buena idea. Nos vendrá bien descansar a todos.

Frank antes de llenar el buche, cogió un plato en el que depositó varios trozos de pollo y un par de churrascos de pan arrimándose a los hombres encadenados al radiador.

—Tomad, comer alg...—Los demás comensales se sobresaltaron al oír cómo se fragmentaba el plato al impactar contra el suelo a consecuencia de una patada propinada por el sujeto herido en el hombro, ya que el otro compañero bastante tenía con seguir respirando. Puntapié que vino acompañado con una frase despectiva dirigida a su progenitora. Frank negó con la cabeza y ocupó su asiento para dar buena cuenta de los alimentos que Susana había puesto en su plato, pensando al degustar el primer trozo de pollo de lo estúpido que había sido aquel hombre con aquella acción por la exquisitez del producto. Si estuviera allí de vacaciones no dudaría en felicitar al cocinero. Una vez saciados, Frank y Miguel subieron a la segunda planta a comprobar que todas las ventanas estaban cerradas antes de conectar el dispositivo acústico.

—Mamá ¿Dónde está papá? —La pregunta que estaba evitando a toda costa, había llegado pillándola desprevenida teniendo que improvisar una rápida y elocuente respuesta.

—Cariño, papá salió a buscar ayuda. Seguro que nos están buscando, ya verás como pronto volvemos a estar los cuatros juntos. Venga dormir…

—¿Y cuándo nos vamos a ir a casa?—Saltó la otra gemela.

—Mañana. Mañana a estas horas estaréis durmiendo en vuestra habitación. No dejaré que os pase nada, os lo prometo —le respondió al tiempo que la acariciaba los cabellos pretendiendo ser convincente, ya que en el fondo ni ella misma se creía las palabras que salían de su boca. Les dio un prolongado beso en la frente y se tumbó entre medias de ambas..

Los dos jóvenes una vez se aseguraron que todo estaba bien cerrado, y una vez conectada la alarma, hicieron lo propio que las chicas. Miguel cayó rendido mientras que a Frank le costó mucho más conciliar el sueño. Por su mente no dejaba de pasar las imágenes de sus amigos y cómo habían llegado a esta situación. Apenas unas semanas atrás estaban festejando la finalización del curso universitario y ahora él se encontraba haciendo todo lo posible por salir con vida de aquel macizo junto a unas personas que apenas conocía, mientras ellos yacían cadáver dentro de una tienda de campaña.

La noche se iba consumiendo sin alteraciones, escuchándose únicamente los graznidos de las aves nocturnas. Frank intentaba dormir despertando cada cierto tiempo motivado por la intranquilidad y la inseguridad a pesar del mecanismo de seguridad. En uno de esos repentinos despertares miró el reloj para ver que eran cerca de las tres y cuarto de la madrugada. Volvió a cerrar los ojos cuando las rapaces se silenciaron repentinamente, suceso que le hizo incorporarse extrañado justo cuando la alarma se activó por culpa de unos incesantes golpes procedentes de la puerta de servicio, despertando a todo el grupo. Frank se incorporó armándose con una de las escopetas y se dirigió al origen del ruido. Al llegar se asomó avistando a varios infectados que aporreaban la abertura con violencia. La luz de la farola al encenderse, reveló las figuras de muchos más que se acercaban a la casa espoleados por la sirena.

—¡Nos han encontrado! —Gritaba Frank para hacerse oír por encima de la irritante estridencia—. ¡Miguel comprueba si también están en la parte delantera! ¡Tenemos que llegar al coche!

—¡Está despejada! —le contestó.

Los persistentes golpes contra la portezuela harían que cediera en cualquier momento. Miguel y Frank cogieron en volandas a las niñas medio adormecidas, y se dirigieron con rapidez hacía el vehículo. Susana que iba unos pasos por detrás se detuvo en seco al recordar algo.

—¡Miguel, dame las llaves de las esposas! ¡Tenemos que desatarlos!

A pesar de que aquellos individuos anclados al radiador estuvieron a punto de matarla junto a sus hijas por unas simples capturas, ella estaba dispuesta a intentar salvarlos. Miguel introdujo la mano en uno de sus bolsillos, sacó las llaves y se las arrojó. Frank que estaba a pocos metros de alcanzar el vehículo se volvió al escucharla.

—¡No lo hagas! ¡No te va a dar tiempo! ¡Están a punto

de entrar! —Le advirtió intentando persuadir a una mujer que ya había llegado a la penumbra de la puerta. Con medio cuerpo dentro se sintió un fuerte estruendo procedente de la cocina, provocando que quedara paralizada al ver como aparecía un infectado sin pabellón auditivo izquierdo, ataviado con ropas de esquiar. El venoso comenzó a avanzar hacia ella en el preciso instante que escuchó la voz de Frank advirtiendo que se agachara. La mujer sin dudarlo dobló las rodillas en el santiamén que el joven apretaba el gatillo decorando las paredes del corredor con las tripas del infecto.

—¡Vamos, corre al coche! —le comunicó según sacaba el juego de llaves. No le hizo falta mirar cual era la que cerraba esa puerta, ya que era reconocible con facilidad por ser de mayor tamaño que las demás. El infectado con el estómago reventado se estaba volviendo a reincorporar cuando se vio pisoteado por otros venosos. Frank alcanzó a echar la llave antes de que se agolparan sobre ella. De fondo podía escuchar los gritos de uno de los cazadores rogándole que no les dejaran allí, momento en el que los venosos que se apilaban sobre el acceso perdieron el interés en el joven que se topaba en la otra cara, centrándose en el dueño de esas suplicas.

Frank alcanzó el vehículo y ocupó su asiento, echando un breve vistazo a la parte de atrás donde permanecían Miguel, Susana y unas temblorosas niñas. Introdujo la llave en el contacto, encendió las luces, metió marcha atrás y pisó el acelerador a la vez que contra volanteaba, poniéndose en marcha mucho antes de lo que ellos hubieran querido. Si no sucedían más percances ya no tenían previsto volver a parar hasta salir de esa maldita pesadilla.

Todo parecía transcurrir con relativa tranquilidad hasta

que entraron en los últimos kilómetros de su destino. Con los primeros rayos del alba, comenzaron a contemplar la terrible estampa que revelaban las docenas de cuerpos que se hallaban esparcidos en medio de la carretera, muchos de ellos con impactos de bala, obligando a Frank a disminuir la velocidad para poder esquivarlos y así evitar pasar por encima de ellos. A esta macabra escena, se le unió el ruido característico de unas hélices. Susana les dijo a las niñas que no miraran por las ventanas para evitar que las imágenes de los cadáveres les perturbaran toda la vida. Aunque esas jóvenes adolescente ya tenían un buen repertorio de estampas para recordar desde aquella noche que unos jabalís interrumpieran su descanso. Cuando les quedaba apenas un par kilómetro, el conductor levantó todavía más el pie del acelerador, motivado en esta ocasión por una furgoneta que se encontraba estacionada en dirección contraria a ellos de color verde. Según se aproximaban vieron por el logotipo que poseía en su capó que era de la empresa de mantenimiento encargada de la limpieza de la montaña, cuya principal tarea era vaciar las papeleras situadas en las zonas más concurridas por los excursionistas.

Pasaron por su lado a menos de cinco kilómetros hora, suficiente velocidad para que Frank pudiera echar un fugaz vistazo a la cabina y ver que las llaves reposaban en el asiento del copiloto. Al no localizar a nadie en su interior volvió a acelerar.

—¿Qué diablos ha pasado aquí? parece que ha estallado una jodida guerra.

—Miguel, pronto lo sabremos, muy pronto…

Capítulo 14

El control

——¡Joder! Podías parar de llorar un rato, maldita histérica, vas a hacer que nos descubran —le dijo Arturo sin modales alguno a su antigua compañera de delegación, ahora con despacho propio al ser recientemente ascendida a jefa de ventas. Aunque en el fondo estaba deseando que acabaran con ella, ya que ese puesto le pertenecía a él por antigüedad y se lo usurpó tras una larga reunión con la entrepierna del jefe.

El conjunto de trabajadores de la empresa de marketing había menguado hasta alcanzar la escasa cifra de diez unidades. En la suma de supervivientes se encontraban los dos monitores. Muchos cayeron a consecuencia de la infección, los dos últimos lo hicieron bajo el fuego de uno de los helicópteros al intentar abandonar los límites de la montaña tras omitir las advertencias del piloto. El degradado grupo, permanecía oculto entre la maleza tras retroceder y ponerse a salvo de los disparos de la ametralladora del aparato. Uno de ellos, era el informático que no paraba de trastear su móvil de última generación desesperado por intentar obtener señal.

—Creo que lo tengo, he logrado obtener algo de cobertura. Podemos llamar y pedir ayuda.

Antes de poder introducir ningún dígito el móvil comenzó a emitir un incesante pitido que le informaba de las numerosas notificaciones y llamadas entrantes que tenía. El sonido hizo que todos clavaran la mirada sobre él. Desesperado, trasteó el botón del volumen bajando el soniquete, quedando la agrupación en silencio absoluto. Trascurridos veinte segundos sin que ocurriera nada, y creyendo que aquel sonido notificador no había llegado a los oídos de los infectados, inesperadamente uno de ellos surgió de entre la maleza echándose sobre el joven que sostenía el móvil arrancándole una de sus cejas. Nada más penetrar la infección en su organismo, éste arremetió contra la jefa de ventas. El comercial salió despavorido abandonando el límite de la montaña sin poder evitar esbozar una pequeña sonrisa al ver el desenlace de la mujer, mueca que se tornó en dolor al impactar media docena de proyectiles en su pecho frenando en seco su evasión. Los que no tomaron esa insensata decisión se adentraron en el bosque siendo presa fácil. Del reducido grupo, solo los dos con mejor preparación física lograron esquivar la primera acometida.

La pareja de monitores marchaban lo más rápido que podían, obteniendo una leve ventaja con sus perseguidores, distancia que se fue acortando a pasos agigantados una vez se pusieron tras ellos. Si ya lo tenían difícil, la fatiga no fue de gran ayuda. Se detuvieron jadeantes, curvando sus cuerpos a la vez que apoyaban las manos sobre sus rodillas. Pero para su sorpresa y cuando pensaban que esa pausa era la antecesora de un trágico final, el ruido de un motor se empezó a oír en la cercanía. Se miraron brevemente e hicieron un último esfuerzo para pocos metros más adelante salir a una carretera, y ver como un todoterreno se les aproximaba.

—¡Parad, parad! —gritaban extenuados según se dirigían a ellos con grandes aspavientos.

Frank tuvo que pegar un frenazo para evitar atropellarlos a pesar de que no iba a gran velocidad. Los monitores se abalanzaron sobre la ventanilla y siguieron con sus súplicas. Frank no lo dudó ni un segundo y les abrió la puerta del copiloto, apresurándose ambos al interior del vehículo, cuando varios infectados se precipitaron sobre la chapa del todoterreno, comenzando a golpear las ventanillas traseras para el sobresalto de sus ocupantes. Frank aceleró sin miramientos pasando por encima de dos venosos que se interpusieron en su trayecto hundiéndoles la caja torácica con las ruedas delanteras, mientras las traseras levantaban una gran polvareda. Miguel al ver a los exhaustos e inesperados nuevos compañeros de viaje les ofreció un poco de agua. Estos con gran sofoco y con las pulsaciones por las nubes aceptaron el líquido con gratitud.

Recorrieron unos novecientos metros en línea recta para finalmente tomar una curva a la derecha. Nada más salir de esta parábola, otearon el puesto de control establecido por el ejército a menos de trescientos metros. A pesar de la distancia divisaron con claridad que los hombres que conformaban aquel contingente iban uniformados con trajes químicos con grandes mascarillas y armados hasta los dientes. Varios Hammer con potentes ametralladoras M-134 del calibre 7.62 mm con una cadencia de tiro de 2000 a 6000 disparos por minuto estaban cruzados impidiendo el paso. A todo esto había que sumarles varias cadenas con pichos que cruzaban de lado a lado la calzada. En un par de carteles unos metros por delante de la agrupación militar se leía con claridad la palabra universal "STOP".

En la parte de atrás del vehículo, el optimismo empezó a desbordarse al tener la salida tan próxima, creyendo que por fin todo había acabado para ellos. Todo lo contrario le sucedía a Frank, ya que su condición como estudiante de química le había obligado a leer muchos libros donde se explicaban los protocolos de actuación si se producían ataques químicos o de similares características. Cuando alcanzaron la distancia de seguridad, un soldado dio varios pasos al frente y se dirigió a ellos sosteniendo un potente megáfono adaptado al traje a través de un cable que se introducía en su interior, para así evitar despojarse de la máscara para manifestarse.

—¡No sigan avanzando!¡ Detengan el vehículo y den media vuelta! ¡La montaña permanece en estado de cuarenta! ¡Si no obedecen nos veremos obligados a usar la fuerza!

El estado de júbilo cambió radicalmente, tornándose a desconcierto y preocupación al escuchar al militar. A Frank por lo contrario no le cogió por sorpresa y detuvo el coche.

—No nos van a dejar salir nunca de esta montaña, estamos condenados —informó uno de los monitores hundiendo la cabeza contra su pecho en claro gesto de derrotismo.

—Miguel, vamos a bajar. Necesito que vigiles la retaguardia por si nos han seguido. Yo intentaré hablar con ellos —le informó Frank.

El conductor se bajó dándole una última indicación, según le daba una de las armas de doble cañón.

—Acuérdate, gatillo, seguro, y sobre todo sostenla con firmeza.

Miguel cogió la escopeta, se introdujo un par de cartuchos en el bolsillo y se dirigió a ocupar su puesto.

Frank izó los brazos abriendo las palmas de sus manos en

un claro gesto de sumisión y avanzó con pasos lentos hacía el soldado.

—¡Solo queremos volver a casa! ¡Hay niños con nosotros! ¡No estamos infectados!

—¡Caballero, quédese donde esta! ¡No siga avanzando! ¡No habrá una tercera advertencia!

—Frank desistió de su aproximación al ver como varios militares alzaban sus fusiles en su dirección, en el instante que escuchó un disparo.

Las palabras gatillo y seguro resonaban una y otra vez en la cabeza de Miguel mientras Frank se apartaba unos metros del todoterreno. Desvió un momento la mirada atrás para ver a una de las niñas que le observaba atenta desde el parabrisas trasero. La joven le regaló una tierna sonrisa que se convirtió en temor en un visto y no visto. Al volver a mirar al frente alertado por la gesticulación del menor vio a una venosa con chaleco salvavidas de color naranja carente de nuez como doblaba la curva aumentado la velocidad al verle. El inexperto joven en armamento, apoyó la culata sobre su hombro sin poder evitar recordar las palabras de Frank "ten cuidado con el retroceso". Apuntó a la cabeza y apretó el gatillo contorsionando el rostro al hacerlo. Ese primer disparo no fue lo que se suele llamar preciso pero por lo menos dio en el blanco. Los perdigones impactaron en el antebrazo de la infectada ocasionando que la extremidad se desprendiera de su cuerpo.

La detonación proveniente del arma de Miguel no fue lo único que llegó a los oídos de Frank. A aquella estridencia se le añadió la aceleración del todoterreno, girándose para ver como el vehículo que abandono instantes atrás se aproximaba a gran velocidad hacia él, conducido por uno de los monitores en un intento desesperado por salir de allí. En un acto rápido y lleno de reflejos, logró arrojarse a la cuneta dando varias vueltas sobre sí mismo evitando con esa acción ser atropellado. Con sus huesos sobre el terreno, una ristra de disparos retumbó en el entorno.

Miguel tembloroso y asustado como jamás lo había estado en su vida y viendo que la venosa seguía avanzando sin expresar la más mínima queja de dolor a pesar de sus impresionantes heridas, volvió a posicionar la culata sobre su dolorido hombro, efectuando un segundo disparo ya con la mujer a menos de cinco metros. El impacto a bocajarro le volatilizó la cabeza. Miguel al ver todos esos fluidos esparcidos por la tierra no pudo evitar expulsar los comestibles que su metabolismo todavía no había digerido. A pesar del mal rato deponiendo trozos de pollo, se vio aliviado por detener a la venosa, estado que apenas persistió unos segundos al aparecer dos figuras más atraídas por las detonaciones. Desplegó el arma saliendo proyectados de los cañones los cartuchos vacíos. Un fuerte olor a pólvora penetró por sus orificios nasales produciendo que un incómodo escozor se la agarrara en la garganta. Nervioso por aquella nueva situación introdujo la mano en el bolsillo para sacar una primera carga. La metió en el cañón y repitió la operación con el infortunio que éste segundo cartucho se le escapó de su excretada mano. La imagen del proyectil aproximándose contra el suelo, se proyectó por sus ojos a cámara lenta, siendo consciente que estaba jodido al cometer ese desafortunado error...

Cuando las descargas cesaron, Frank alzó la cabeza para

ver como el todoterreno se detenía. Se incorporó y corrió al auto rezando porque no le disparan. Al abrir la puerta encontró los cuerpos del piloto y copiloto cosidos a balazos. La luna a pesar de los impactos todavía aguantaba en su sitio, quebrada, pero resistía. Retiró el cuerpo del conductor y entró pronunciando los nombres de las chicas temiéndose que hubieran sufrido el mismo desenlace. Para su alivio se encontraban sanas y salvas agazapadas entre los asientos.

Miguel con los infectados casi encima, cerró la escopeta con un solo cartucho sabiendo de buena tinta de la terrible consecuencia que eso acarrearía para sus intereses cuando escuchó la voz de Frank indicándole que se echara a un lado. Sin saber que sucedía, se lanzó contra el surco auscultando un tremendo impacto de chapa antes incluso de que su cuerpo hubiera tocado tierra, seguido de un frenazo. Cuando se volvió a erguir, avistó el morro del todoterreno y a Frank asomado por la ventana diciéndole que se diera prisa. Mientras corría hacia el vehículo pudo ver con brevedad los cuerpos de los infectados desmembrados por la brutal colisión. Antes de llegar a la puerta del copiloto esta se abrió cayendo el cadáver abatido a tiros de su antiguo ocupante. Pasó por encima del cuerpo y ocupó el asiento ensangrentado a la vez que Frank con la marcha atrás puesta aceleraba desaparecieron del campo de visión de unos avizores soldados dispuestos a acribillarlos apenas volvieran avanzar un solo metro más hacia ellos.

Capítulo 15

Buscando un lugar seguro

—¿Te encuentras bien? —preguntó Frank a Miguel al verlo abstraído y con la mirada perdida.

—¿Miguel, estás bien? —volvió a repetir al no recibir contestación a la primera pregunta

—Le acabo de volar la cabeza a una persona—le contestó sin desviar la mirada del punto en la que la tenía fijada.

—Te entiendo, no es una situación agradable, pero has hecho lo correcto, no tenías otra alternativa, y si te sirve de consuelo eso ya no era una persona. No sé lo que son, pero desde luego ya no pertenecen a la especie huma...

—¿Qué vamos hacer ahora? Tenemos que buscar otra salida, no podemos pasar otra noche más aquí con todo el bosque plagado de esas cosas —les interrumpió Susana.

—Ya habéis oído el comunicado de ese soldado. Tienen la montaña en cuarentena, por lo que tendrán controles en todas las salidas. Solo tenemos una opción para sobrevivir y no es otra que encontrar un lugar seguro donde poder ocultarnos hasta que todo esto termine.

—En este bosque ya no hay ningún sitio seguro.

—Tienes razón Miguel, pero nosotros haremos que lo sea si lo despejamos. Allí dispondremos de provisiones para aguantar un largo tiempo. Si todo sale bien, solo tendremos que esperar a que el ejército se haga con el control de la situación y vengan a buscarnos.

—¿No estarás pensando volver allí? ¿Te has vuelto loco?

—Confía en mi Susana. Nos acercaremos a valorar las condiciones en las que se encuentra, y a cuantas de esas cosas tendríamos que hacer frente. Solo si es factible la despejaremos.

Tras una breve charla exponiendo los pros y los contras ganando estos primeros, decidieron volver al lugar del que tuvieron que huir a media noche con precipitación. Tras recorrer el camino de vuelta donde predominó el mutismo y el desánimo, Frank estacionó el vehículo a una distancia prudencial de la casa rural abandonando el coche junto a Miguel. Se bajó, cogió el rifle con silenciador del cazador y lo trasteó hasta que logró extraerle la mirilla, para dirigirse acto seguido a la angustiada madre.

—Vamos a subir a una posición más elevada y evaluaremos la situación.

Ascendieron por una ladera hasta alcanzar el único punto que les dejaba divisar la parte delantera del albergue. Frank fijó una rodilla para tener un mejor punto de apoyo y se llevó la lente de aumento a su ojo derecho. Lo primero que avistó fue a dos venosos cerca de la puerta principal que permanecía tal cual la había dejado, pensando que debieron llegar hasta allí bordeando la casa al escuchar el ruido del motor cuando escaparon a toda leche de madrugada. Dirigió la mira al salón hallando a tres más. Uno de ellos con un enorme boquete en el estómago por el que asomaban sus intestinos.

—He contado cinco. Dos en el exterior y otros tres dentro. Creo que si elimínanos a los de fuera sin hacer ruido evitaremos llamar la atención de los del interior y los podremos coger por sorpresa ¿Qué te parece?

—No lo sé tío. He estado pensando en lo que me dijiste, pero aun así cuesta no pensar en que eran personas como tú y como yo.

Apoyó sus manos sobre los hombros de su nuevo amigo y le miró a los ojos.

—Te comprendo. Yo mismo tuve que acabar con uno de mis mejores amigos y no logro dejar de pensar en ello. Pero si queremos salir de aquí te necesito al cien por cien, yo no puedo hacer esto solo.

Tras esa pequeña charla Miguel pareció por fin comprender la situación y fue rotundo y directo.

—¡Tienes razón, hagámoslo!

Al regresar de nuevo al coche, Frank cambió la mirilla por el hacha, mientras que Miguel se hacía con un arma blanca más pequeña, un cuchillo, el mismo con el que Susana le salvó la vida. Colmaron los revólveres al máximo de su capacidad y por último, y antes de ponerse en faena, Frank le dijo a la mujer que ocupara el asiento del piloto, a la vez que le daba uno de los transmisores.

—Estaremos en contacto a través de los walkie, pero si mientras estamos fuera aparecieran infectados, no lo dudes y marchaos.

Llegaron al punto donde terminaba el bosque y empezaba la demarcación del hospedaje, divisando a los dos infectados a menos de diez metros. Una vez templaron los nervios a duras penas, Frank procedió con una cuenta atrás con los dedos. Al llegar a cero salieron raudos y en perfecta sincronización a por su respectivo venoso. Frank elevó el hacha dejando caer su afilado filo sobre el cráneo abriéndoselo en canal, mientras Miguel hacía lo propio clavándole el cuchillo con todas sus fuerzas. La hoja penetró por el hueso frontal hasta tocar la punta el occipital, produciendo un escalofriante chasquido. Con el exterior despejado con éxito, se agolparon sobre la puerta principal. Frank introdujo la mano en su bolsillo donde todavía guardaba el juego de llaves e introdujo la correcta en la cerradura. Una vez abierta cambiaron las armas blancas por los revólveres. Al entrar y no ver ningún peligro en el pasillo se dirigieron directos al salón. En la sala resonaron tres disparos certeros a bocajarro, percatándose nada más acceder que había un venoso más esposado a un radiador, agradeciendo el fuerte anclaje de ese artefactos al paramento de hormigón. El infectado era el jefe de aquella cuadrilla. El segundo furtivo en discordia había fallecido durante las primeras horas de la noche a consecuencia de la perdida desmedida de sangre.

—Yo me ocupo Miguel ¿Puedes comprobar que la zona de atrás está despejada? —Miguel afirmó con la cabeza y salió del salón en dirección a la cocina, en el preciso instante que alguien bajaba de la segunda planta siguiendo sus pasos...

Frank guardó el revolver pues no hacía falta gastar más balas, ya con el hacha sería más que suficiente. Miguel en un principio no tenía pensado salir fuera sin su compañero, pero al ver a solo un infectado desde la ventana próximo al depósito, se atrevió a dar el paso y acabar con él sin su ayuda. Se introdujo el cuchillo en el lateral derecho entre medias del cinto y el pantalón y salió al exterior empuñando el arma con ambas manos. Era una buena ocasión para mejorar su puntería si alguna vez la tuvo. Izó el revolver apuntando a la cabeza, y justo en el momento que apretaba el gatillo, un infectado cuya vestimenta consistía en tan solo una camisa acartona por la sangre reseca que le caía de su desfigurado rostro se abalanzó sobre él haciendo que fallara el tiro. La bala se desvió lo justo para impactar en el depósito de gasoil que explosiono en el acto envolviendo al venoso que estaba cerca en llamas. La deflagración del combustible tuvo dos consecuencias de diversa consideración. La primera fue que gracias a la onda expansiva Miguel evitó que el infectado lograra morderle, ya que ambos salieron despedidos varios metros el en uno del otro. La segunda, está más grave para sus intereses, fue que la explosión también arrojó combustible sobre el techo de madera de la casa lo que provocó que el fuego empezara a propagarse con rapidez sobre esta superficie. Miguel quedó aturdido sobre el terreno, a merced de un infecto que empezaba a incorporarse con el propósito de terminar su cometido, quedando solo en la intención al recibir un disparo a bocajarro sobre su sien proveniente del arma de Frank que al percibir el estruendo salió a ver qué ocurrirá topándose con la escena. Un segundo proyectil salió del revolver perforando la cabeza del venoso en combustión que se aproximaba a gran velocidad hacía ellos. Una vez eliminadas ambas amenazas se acercó al aturdido Miguel y le ofreció su mano para que se incorporara.

—¿Estás bien?

—Joder, no lo vi venir, la he fastidiado —le comunicó según se llevaba las manos a sus taponados pabellones auditivos

—Lo importante es que no te ha mordido, pero tendremos que buscar otro lugar donde ocultarnos.

Miguel pasó su brazo por el cuello de su compañero y con su ayuda tomaron de nuevo rumbo al vehículo, no sin antes hacer una pequeña parada para recuperar el revólver del joven.

El ruido del reventón del depósito se pudo escuchar a varios kilómetros a la redonda. Susana desde su posición pudo ver con claridad la enorme columna de humo, cogiendo el walkie en un intento de establecer contacto con ambos jóvenes sin que nadie contestara. Al no poder localizarlos lo primero que pensó fue hacer lo que le dijo Frank si ocurría algo, descartando aquel pensamiento de inmediato. Salió del vehículo y prosiguió con la tentativa de contactar con los chicos. En uno de los intentos escuchó su propia voz a través del otro receptor, para intervalos después, comprobar con sus propios ojos el motivo por el que no recibió ninguna respuesta. Susana nada más verlos corrió hacía ellos para prestarles ayuda, alcanzando poco después el todoterreno, donde Frank despojó del cuchillo a Miguel antes de introducirlo en el asiento del copiloto. Susana muy atenta y a la vez desconcertada le dio una botella de agua a Miguel, que cogió echando un trago para a continuación sacar la cabeza fuera del habitáculo y volcarse el contenido sobrante por la nuca, aliviándole en gran medida el mareo que sufría.

—¿Qué ha pasado? ¿Qué ha sido esa explosión?

—Tenemos que buscar otro lugar —le informó a Susana mientras metía el cuchillo y el hacha en la bolsa junto a las demás armas. Cerró la mochila y se sentó al lado de las niñas frustrado y pensativo.

—¿Y a donde vamos a ir ?

—Ahora sí que tenemos un pro…

Las gemelas se sobresaltaron al ver salir repentinamente a Frank en dirección a la guantera de la que extrajo el mapa, dirigiéndose acto seguido al capó extendiendo el plano sobre la chapa ante la atenta y confusa mirada de un Miguel algo ya más recuperado.

—¿Qué sucede Frank?

—¡Hay otro lugar¡ ¡Es un refugio para animales! ¡Lo vi en un panfleto cuando buscaba el libro de seguridad!

Comenzó a pasar su dedo índice sobre el mapa hasta localizar aquella instalación.

—¡Aquí esta! Según el plano, si cogemos rumbo oeste daremos con ella.

Capítulo 16

La instalación

En el trayecto pudieron ver numerosos infectados con diferentes indumentarias vagando por el bosque. A pesar de que en el momento de los ataques estas personas se encontraban practicando actividades dispares, ahora todas parecían estar en perfecta sincronización, ya que al paso del vehículo estiraban sus brazos tensando sus mugrientas prolongaciones hacía ellos, atraídos por el ruido que desprendía el motor. Pero según se aproximaban a su nuevo destino, el nivel de venosos fue disminuyendo en su mayoría hasta llegar a estar una buena cuantía de kilómetros sin avistar ninguno. Esa situación les hizo albergar un pequeño hilo de esperanza, haciéndoles especular que con un poco de suerte el centro de rehabilitación estuviera limpio de esas cosas. Por primera vez desde que todo empezó, a aquel grupo se le pudo ver con cierta relajación después de tantas idas y venidas, aunque en verdad todo era debido al cansancio tanto mental como físico. Tal disminución de la tensión incitó que Frank se contagiara de ella bajando la guardia, un error del que se arrepentiría al tomar un viraje con poca visibilidad por la gran aglomeración de fauna boscosa al sobrepasar un cartel que les indicaba que se acercaban a su destino. Frank apretó el freno a fondo nada más tomar la desviación al encontrarse de improvisto con una agrupación de animales que corrían en dirección contraria, donde se podían ver gran diversidad de animales autóctonos. De nada sirvió la desesperada frenada impactando contra un grupo de muflones que encabeza la espantada, provocando que perdiera el control del vehículo saliéndose de la carretera empezando así una desenfrenada caída colina abajo. Tras lograr esquivar varios árboles, el frenético descenso terminó al colisionar contra una loma de unos tres metros de altura. El tremendo impacto forjo que todos los dispositivos de seguridad del que disponía el vehículo se activaran salvándoles de sufrir lesiones significativas. La luna lateral del piloto se fracturó en mil pedazos llenando a Frank de pequeños fragmentos. Parte del montículo se derrumbó sobre el parabrisas delantero, que para asombro de piloto y copiloto aguantó a pesar del lamentable deterioro en el que ya se hallaba.

—¿Estáis todos bien? —preguntó mientras se volvía con gesto preocupado hacía los pasajeros traseros, reparando en un rejero de sangre que recorría la mejilla derecha de Susana a consecuencia de una pequeña brecha en la cabeza sufrida por alguno de los objetos que salieron despedidos sin control. Al informarle la mujer que no era nada serio cambio de objetivo para ver a Miguel con el ceño contrariado y quejándose de las cervicales. Frank intentó abandonar el vehículo sin poder hacerlo por su puerta al quedar bloqueada. Se sacudió los cristales y salió por la ventanilla quebrada con precaución para evitar sufrir algún corte. Miguel no tuvo problema alguno de hacerlo por su apertura estirándose para desentumecer su músculo lastimado nada más salir, cuando vio algo que le dejó con la boca abierta.

—¡Ven aquí, tienes que ver esto!

Frank bordeó el todoterreno y llegó a su altura, ensamblando la misma expresión que Miguel al ver lo que a primera vista parecía ser un saliente metálico surgiendo de la tierra a consecuencia del derrumbe del collado. Miguel se dirigió a la parte de atrás del vehículo y abrió el maletero. Dentro del desbarajuste comenzó a rebuscar entre los objetos de Alfredo donde se localizaba un gato, una caja de herramientas, triángulos de señalización, un par de mantas térmicas, y lo que él espera encontrar, una pequeña pala extensible. Tras hacerse con ella, regresó junto al desprendimiento e inició a retirar la tierra hasta descubrir lo que había detrás por completo, quedando incrédulos al ver que se trataba de una antigua puerta de hierro forjado de unos dos metros de alto por otros tantos de ancho.

—¡Pero cómo es posible! ¿Qué hace esto en medio de la jodida montaña? —preguntó Miguel entre la incredulidad y la confusión.

—Quizás sea una mina abandonada o alguna infraestructura antigua tipo tendido eléctrico o de aguas, aunque con todo lo que está sucediendo tengo el presentimiento que detrás de esa puerta está la respuesta a todo esto, y no me voy a ir sin averiguarlo. ¿Hay algo que nos pueda servir para forzarla donde has cogido esa pala?

—Creo que sí, espera…

Miguel volvió al maletero y le dijo a Susana que se quedara con las niñas dentro del vehículo hasta averiguar qué era lo que había detrás de la apertura. Cogió la caja de herramientas y retorno junto a Frank bajo la atenta mirada de las chicas a través de las ventanillas laterales traseras.

Dentro hallaron herramientas de todo tipo, perfectas para cualquier imprevisto que pudiera surgir, encontrando en el fondo el útil ideal para su función. Un martillo y un cincel. La verdad que Alfredo iba bien equipado para cualquier emergencia, cosa que ambos agradecieron. Frank ubicó el cortafrío sobre la sólida y consistente cerradura, suspiró varias veces para templar su pulso y no llevarse algún dedo en el proceso, ejecutando varios golpes certeros hasta lograr reventarla.

Antes de proceder con su apertura, desvió la mirada a Miguel pidiendo su aprobación. Con el beneplácito del joven efectuó el proceso con toda precaución. Nada más abrirla, una fuerte suma de olores repulsivos les golpeó en los morros, sobresaliendo por encima del resto el del moho que se acumulaba sobres sus paredes, haciéndoles conjeturar que por ese acceso hacía mucho tiempo que nadie entraba ni salía. Cientos de insectos de diversa especie buscaron la lobreguez, escapando del reguero de luz proporcionado por los rayos solares. Antes de dar el siguiente paso volvieron al coche. Frank buscó detrás del asiento del piloto su mochila de hidratación de la que sacó un foco con dos potentes leds de dos mil doscientos lumens en total. Se acomodó la bolsa en el respaldo y regresó junto al pórtico donde le esperaba Miguel trasteando una linterna que cogió de las pertenencias del encargado del camping. No tenía muchas esperanzas que funcionara tras el ajetreado descenso, pero aun así apretaba una y otra vez el botón de encendido acompañando aquella acción con algún que otro golpe contra la palma de su mano.

—¿Has comprobado que tenga pilas? —apuntó Frank, sintiéndose un poco estúpido al no haber reparado en ello.

Miguel abrió el cajetín localizando el problema. Una de las pilas se había movido y evitaba el contacto con uno de sus polos, haciendo imposible que llegara la energía. Nada más recolocarla, un potente haz de luz salió por el reflector. Iluminaron aquella oquedad para ver unas escaleras de cemento y una barandilla enmohecidas que descendían. Antes de adentrarse en sus entrañas, Frank pidió a las chicas que bajaran del vehículo.

—Será mejor que bajemos todos —les comunicó.

Una de las niñas se aferró con fuerza al brazo de Susana y le indicó recelosa que no quería ir.

—Yo tampoco quiero bajar —manifestó la otra apoyando el desplante de su hermana.

La madre no debatió aquellas negativas, ya que en el fondo a ella tampoco le apetecía nada poner un solo pie allí dentro. Ya desde su posición aquel agujero le ponía los pelos de punta.

—Id vosotros, yo me quedare con las niñas. Además, hace mucho tiempo que no vemos a ningún infectado, estaremos bien. Si hay algo ahí dentro que nos pueda ayudar para salir de aquí encontradlo.

Frank frunció el ceño, ya que esa postura no le parecía la más correcta. Pero al fin y al cabo sabía que él no era nadie para obligarlas a hacer nada que no quisieran.

—Como queráis, es vuestra decisión. Solo os pido que permanezcáis en el interior del coche y no salgáis. Permanece atenta al walkie talkie, aunque dudo que una vez dentro tengamos señal. Volveremos lo antes posible.

Se armaron con los revólveres dejando las escopetas en la bolsa y volvieron a posicionarse en la penumbra del pórtico.

—¡Espera!

Frank que ya tenía medio cuerpo dentro se volvió para ver como Miguel regresaba por última vez al coche y sacaba de la guantera la cámara de fotos. Al suspenderla sobre su cuello no pudo evitar expresar una mueca incomoda al notar el peso sobre su extremidad dolorida.

—Listo, cuando quieras.

Comenzaron a descender con la sensación que lo hacían a las cloacas de una gran urbe, bajando el equivalente a un edificio de tres alturas hasta toparse con una segunda apertura. Esta a diferencia de la primera no poseía ningún cerrojo, pero si una maneta. Antes de girar su corroída y mugrosa manilla, Frank sacó de su mochila los guantes que usaba para montar en bicicleta y se los puso, evitando así cualquier tipo de infección que pudiera producirse en el caso de un posible corte. El proceso de apertura vino acompañado de un fuerte chirriar naciente de las viejas bisagras. Al alumbrar lo que les ofrecía la otra cara del acceso, quedaron petrificados al ver el tamaño de aquella instalación. Ni las potentes linternas que llevaban dejaban ver el final de la misma. El hedor a cerrado y humedad, cambió a otro conjunto de pestilencias, provocando que ambos tuvieran que taparse sus fosas nasales con las manos debido a lo fuerte y repugnante que era. Miguel sin quitarse en ningún momento la mano de sus orificios respiratorios dio un paso al frente y alumbró hacia su lado derecho localizando tres depósitos de combustible erosionados por el paso del tiempo. Uno de ellos era de menor capacidad que los otros dos. Al lado de aquellos surtidores en la pared que les hacía de cabecero, se fijaba una vitrina anclada al paramento. Se aproximó a ella y con el dorso de la mano que sostenía la linterna, limpió el polvo que se acumulaba en el cristal descubriendo cuatro máscaras en su interior. Desenfundó la pistola y con la culata propinó un golpe rotundo a la vidriera haciéndola añicos. Las Máscaras eran de goma con varios tirantes que se abrochaban por detrás de la cabeza. En su parte frontal disponía de dos grandes anteojos con aros de metal y un gran filtro que salía de uno de sus laterales. Miguel cogió dos comprobando por un precinto de seguridad que tenían en su interior que nadie las había utilizado con anterioridad. Se acercó a Frank y le dio una que se puso al instante sin pensárselo dos veces.

Una vez estuvieron protegidos contra la terrible emanación, se adentraron en el inmenso y oscuro complejo, avanzando unos cincuenta metros para darse de bruces con el motivo de aquel hedor. Cuerpos. Cuerpos por todas partes en su estructura ósea que al ser alumbrados parecieron cobrar vida por las cientos de cucarachas que salieron despavoridas de sus apolilladas vestimentas. Unas ocho o nueve unidades lucían uniformes militares. Las otras restantes lo hacían ataviadas con unos monos naranjas, pudiendo ver a duras penas a causa del polvo que tenían una numeración en la espalda. Todo el suelo estaba repleto de casquillos de bala. Los cuerpos esqueléticos que presentaban las vestimentas militares, todavía tenían sus fusiles colgados alrededor del ropaje gracias a las correas de sujeción. Frank se arrimó a uno de los cuerpos y se reclinó con la intención de localizar algún distintivo que los relacionara con algún país, pero fue inútil ya que carecían de identificación, preguntándose a continuación cual pudo ser la causa de sus muertes. Interrogantes que solo un experto forense podría contestar tras horas y horas de autopsia. Uno de los chasis con vestimenta naranja llamó su atención al ser el único que presentaba un orificio de bala en el cráneo, comenzando así a encajar algunas de las piezas del puzle que tenía en su saturada cabeza. Al no poder hallar ninguna insignia en los atuendos probó con los fusiles, resolviéndose con el mismo resultado negativo, ya que los modelos iban desde el Carabinero 98K alemán, pasando por el PPSH–41 ruso, y terminando por la Carabina M1 del ejército de los Estados Unidos. Solo había una similitud entre todas esas armas, y esta era que no había lugar a la duda que era armamento usado durante el periodo de la segunda guerra mundial. Lo único que sacó medio en claro en todo eso, fue que debían de tratarse de mercenarios pagados para proteger esa instalación. Trabajo que viendo como habían acabado no lograron.

Sin ninguna prueba sólida siguieron avanzando a la vez que Miguel no dejaba de sacar fotos de aquel macabro escenario iluminando una pequeña porción de área cada vez que pulsaba el disparador. Al poco de dejar los fósiles humanos atrás, divisaron más cadáveres cerca de una imponente puerta doble de metal abierta. Al guiar el haz de luz al interior, encontraron decenas de literas a ambos lados de la estancia en perfecta alineación. También se podía ver un gran número de chanclas dispersas por todos sus rincones y prendas arrugadas por el suelo ahora de color mustio por el polvo acumulado por transcurso de los años. Apoyado en una de las caras de la puerta, Frank descubrió un subfusil Thompson, sin poder evitar examinarla, regresando por unos instantes al pasado, ya que apenas un par de semanas atrás se encontraba jugando una partida de Airsoft donde uno de los participantes tenía una réplica exacta, concurriendo en el centro de atención de los demás jugadores. Y por casualidades del destino ahora él sostenía una real en sus manos, sabiendo que cualquier coleccionista ofrecería un dineral en una subasta.

—¡Mira, Frank! —atendió a Miguel con voz distorsionada haciéndole recordar a un famoso personaje de la guerra de las galaxias a consecuencia de la incómoda máscara. Frank retornó de sus pensamientos y se volvió para ver que estaba orientando su linterna hacía unas escaleras prefabricadas que ascendían a un segundo nivel. Dejó el arma en el mismo sitio y se dirigieron a la escalinata. Al llegar al nivel superior observaron que se dividía en dos sectores con gran diversidad de salas en cada una. En los accesos de la zona izquierda se podía ojear en un cartel situado a su derecha en varios idiomas las siguientes asignaciones: comedor, alcobas, baños y una última en la que se leía sala cinematográfica. Pero las que llamaron toda su atención fueron las salas de la zona derecha. Estas se diferenciaban de las demás aberturas al disponer de un ojo de buey en su parte superior. Habían cinco con sus correspondientes descripciones donde se atinaba a leer: laboratorios, seguido de una correlativa numeración.

—Miguel, para ir más rápido deberíamos separa…

Un escalofrió recorrió la columna vertebral de ambos jóvenes produciendo que se les rizara hasta el último de sus cabellos al percibir como algún tipo de objeto de cristal se hacía añicos al impactar contra el suelo proveniente del laboratorio número cuatro. Con el corazón latiéndoles revolucionado e incrédulos, desenfundaron sus revólveres y avanzaron temblorosos hasta llegar a la puerta de mencionado recinto. Al alumbrar su interior lo primero que advirtieron fue una enorme nevera de refrigeración. Encima de ésta se localizaba un conducto de ventilación de grandes medidas. Lo siguiente que divisaron fue un recipiente roto en un pavimento recubierto con una pintura de alta resistencia, al lado de la pata de una mesa llena de tubos de ensayos, vasos de bohemia, probetas, embudos y demás utensilios de laboratorio, todos ellos familiares para el estudiante de químicas. No obstante aquel tablero no solo estaba repleto de esos cachivaches ya que también lo hacía de enormes ratas que recorrían de un lado a otro con toda impunidad el mueble permitiendo ver el rojo de sus ojos al ser reflejadas con la luz que proyectaban las linternas.

—¡Ratas, son ratas! Es la primera vez que me alegro de ver a esos jodido bichos —exteriorizó Miguel aliviado.

Frank recorrió con el haz de luz la mesa hasta llegar al otro extremo donde se quedó perplejo. En una de las esquinas del mueble se localizaba una segunda matraz volcada con escasos restos de líquido negro puesto que el noventa y cinco por ciento del producto se había derramado al suelo perdiéndose por un desagüe. Enfundó el revólver y se apresuró a la mesa empezando a buscar por toda su superficie hasta encontrar la prueba definitiva que les sacaría de allí. Detrás de unos tubos de ensayo colocados en sus respectivos soportes, halló una gradilla con algo más de una docena de frascos cuenta gotas con el afamado   fluido de tonalidad azabache.

—Esto es lo que buscábamos Miguel. Esta es nuestra llave para salir de aquí. —Decía mientras vaciaba la gradilla en la mochila.

Salieron del laboratorio y bajaron las escaleras en dirección a la salida. Miguel que iba unos pasos por detrás de Frank, sacó el walkie y se alzó un poco la mascarilla llevándose el aparato a la boca para informar a Susana que ya salían. Sin embargo como ya había vaticinado Frank, la trasmisión dentro era nula. Solo obtuvo frecuencia cuando empezó a subir por las escaleras que les llevaban a la superficie.

—Susana, ya salimos…¿Susana?… ¿Susana me recibes?

Capítulo 17
El refugio

Quince minutos después de que Frank y Miguel
entraran en la instalación.

Susana y las niñas continuaban en el interior del vehículo,
aprovechando el momento de espera para reponer algo
de fuerzas con los pocos alimentos que les iban quedando. Si
no salían pronto de la montaña o por lo contrario no encontraban algún lugar donde hubiera provisiones, se les uniría
otro problema más a las ya muchas dificultades que tenían.

—¿Mamá, cuando van a venir? ¿Me quiero ir a cas...
—la niña cayo al verse sorprendida por la mano de su madre
que le tapó la boca para que no prosiguiera hablando.

—No hagáis ruido, agacharse. Alguien se acerca —las
advirtió musitando.

Permanecieron agazapadas entre los asientos del coche
unos instantes sin que sucediera nada. Susana les ordenó que
siguieran en esa posición mientras ella elevaba la cabeza
lentamente por encima de los respaldos en un intento de ver

que era lo que se aproximaba, cuando las palmas de unas manos mugrientas impactaron con fuerza contra la ventanilla del copiloto dejando las huellas marcadas en el cristal. El susto fue de tal magnitud que tenía la impresión que en cualquier momento el corazón se le podía salir por el pecho, y lo que era aún peor…sabía quién era esa infectada.

Yolanda presentaba un aspecto terrorífico. Un agujero opaco ocupaba el lugar donde debería estar su ceja derecha. El hinchazón de sus venas y aquellos ojos inmersos en la tinieblas hicieron rizar todos y cada uno de los cabellos de Susana. El picardías que se había puesto para Emilio aquella execrable noche, estaba marchito por la sangre corrupta. Las gemelas al permanecer ocultas en todo momento se libraron de contemplar la fisonomía de su compañera de juegos y alguna que otra confidencia de las adolescentes. La infectada empezó a bordear el vehículo para la inquietud de la mujer que sabía que si llegaba a la ventanilla rota sería el fin para ella y sus hijas, así que con tal panorama cogió una de las escopetas y la encañono apretando el gatillo cuando la tuvo a tiro, recibiendo con estupor la sonora respuesta de un clic. Con el arma encasquillada y sin muchas más alternativas por la proximidad de la venosa, hizo lo que cualquier madre hubiera obrado por proteger a sus hijos.

—Tenéis que ser valientes y permanecer las dos unidas. No salgáis por nada…os quiero. —Les mandó antes de salir por la ventanilla atrayendo toda la atención de la venosa, desapareciendo ambas entre el espeso follaje.

Frank dobló a la derecha y llegó al último tramo de escaleras, alcanzando a ver como entraba la luz natural por el acceso. Apagó el foco y quedó por unos instantes cejado debido al periodo que necesita la vista a su nueva adaptación. Subió un par de peldaños medio cegado cuando una figura surgió por la puerta interponiéndose entre la salida y él, viéndose el rejero de claridad reducido en consideración. Frank con su campo de visión limitado creyó reconocer aquella silueta.

—¿Susana, eres tú?

Según terminaba de hacer esa pregunta por detrás apareció Miguel todavía con la linterna encendida.

—¡Apártate! —le advirtió en el preciso instante que la figura femenina que se interponía en la salida se abalanzó sobre un paralizado y desconcertado Frank.

Miguel ágil en reflejos consiguió agarrarle por los hombres y apartarle de la trayectoria antes de que le cayera encima. La infecta se despeñó escaleras abajo deteniéndose con brusquedad contra el muro de hormigón, acompañando el tremendo golpe de un chasquido escalofriante. La luz natural volvió a penetrar por el hueco para dejar ver el cuerpo de Susana con el cuello roto. Pero aún con esa fractura mortal para cualquier humano, la mujer seguía moviéndose llena de furia. Miguel descendió los escalones hasta llegar a su posición sin poder dar crédito a lo que estaba viendo.

—Hazlo Miguel, no la podemos dejar así.

—No puedo hacerlo, no puedo —manifestó hundido y entre lamentos.

Frank llegó a su altura empuñando el revólver y le reventó la tapa de los sesos sin ningún miramiento. Un ensordecedor pitido retumbó en sus oídos dejándolos casi sordos al disparar el potente artefacto en tan reducido hueco. Miguel quedó atónito al ver la sangre fría de Frank, sin saber que desde que apretó el gatillo contra su amigo Jorge algo se fracturó en su interior, quebrándose aún más cada vez que acababa con una de esas criaturas.

Con los oídos retumbando, subieron los escalones de dos en dos alertados y preocupados por el desenlace que hubieran podido sufrir las gemelas. Una vez fuera, se despojaron de las máscaras dejándolas caer sobre el pasto terreno. Antes de asomarse al coche y ver que en su interior no había nadie, repararon en las huellas marcadas sobre la ventanilla del copiloto.

—¡Frank mira!

Miguel había llegado al otro lateral del vehículo avistando unas pequeñas huellas que ascendían colina arriba en lo virgen del terreno, y que por su tamaño no dejaba ninguna duda de que pertenecían a las niñas.

—¿Crees que consiguieron escapar?

—Si no fuera así hubiéramos tenido también que hacerles frente. Al igual que nosotros también vieron el cartel de que nos aproximábamos al centro de recuperación. Han debido dirigirse allí.

Antes de ponerse en marcha, Frank volvió a entrar por la ventanilla rota para coger la bolsa con las escopeta hallando una fuera de ella. Extrañado la revisó para localizar la traba que presentaba, solucionando el problema tras estar unos segundos trasteándola. Echó las dos últimas botellas de agua que les quedaban y se la dio a Miguel, que introdujo también la cámara de fotos. Con la mochila en poder de su compañero procedió a buscar un aparato primordial en estos momentos por todos los rincones del vehículo. Objeto que localizó debajo de uno de los asientos blasfemando toda clase de agravios al ver que el teléfono había perdió casi todos sus botones. Lo tiró con rabia contra la luna delantera ocasionando que crujiera todavía un poco más. Salió del coche y se pusieron colina arriba tras las huellas.

Tras cruzarse con los cadáveres reventados de varios

animales en su ascensión, alcanzaron la carretera, pudiendo aligerar el ritmo con el terreno más factible topándose unos ochocientos metros más adelante, con un vallado de unos dos metros. Según se aproximaban, el olor a pintura, mezclado con el del disolvente proveniente de un bote de esmalte gris volcado al lado de una cancela doble de cuadradillos a medio pintar, se hizo notable. El pórtico permanecía abierto de par en par. En una de las caras sujeto con varias abrazaderas había un cartel en el que se leía: El valle. Centro de recuperación de la fauna autóctona. Horarios de visita: mañanas 10.00 a 13: 00. Tardes de 17.00 a 19.00. Abiertos todos los días. Al cruzar la verja divisaron dos edificios. El principal y uno anexo. En la parte derecha del recinto se ubicaban una docena de jaulas debajo de un techo de uralita, dando a indicar que alguien las había abierto antes de abandonar con premura aquel complejo. Quizás el mismo sujeto que dejó a media pintar la valla. Frank pensó que los animales que atropelló serían los antiguos ocupantes de aquellos armazones. Sin señales de las niñas, avanzaron hacia la edificación central cuando percibieron ruidos que provenían de la cimentación adyacente haciendo que cambiaran de su primer designio. Según se aproximaban a una puerta de madera algo deteriorada por las inclemencias del tiempo, les fue llegando un tufillo a defecaciones fusionado con el de orina. Se posicionaron sobre la penumbra de la apertura y se asomaron con mesura para ver que dentro había más jaulas con la semejanza de que todas alojaban algún que otro excremento y paja humedecida en su interior. Todas estaban vacías a excepción de una que albergaba un pequeño y asustado zorro.

—¡Silvia, Sandra! ¡Somos nosotros, no tengáis miedo! ¡Si estáis aquí dentro podéis salir! —dijo Miguel desde la opacidad de la puerta obteniendo como única respuesta el gruñido del animal—. Aquí no están, miremos en el otro edificio.

Apenas se alejaron unos metros cuando volvieron a escuchar otro ruido perfectamente inteligible en esta ocasión ya que se trataba del llanto de un menor. Cruzaron una breve mirada de sorpresa y accedieron sin ninguna vacilación al interior donde el astuto mamífero volvió a reiterar que la presencia de los jóvenes no les era grata.

—Silvia, Sandra ¿Dónde estáis? —preguntaban según se adentraban siendo cada vez más nítido el gimoteo a cada paso que daban. Tras dejar atrás varias celdas, dieron con su procedencia y a la autora de aquellos lamentos. En una de las últimas jaulas fabricada para acoger animales de grandes dimensiones, se encontraba Sandra en un estado de nerviosismo elevado. Miguel corrió un pasador y abrió la caja tranquilizando a la aterrada niña. Acto seguido Frank sacó una botella de agua de la mochila y se la ofreció. La gemela la prendió con ímpetu y comenzó a beber su contenido con grandes tragos.

—Tranquila, traga despacio —le recomendaron.

La joven una vez hidratada se fue tranquilizando poco a poco hasta que Frank se interesó por el paradero de su hermana. La adolescente al escuchar la pregunta volvió otra vez a avivar su estado de inquietud.

—Sabemos que estás asustada. Todos lo estamos, pero necesitamos saber dónde está tu hermana para poder irnos de aquí.

—Sandra para su sorpresa le contestó con otra pregunta.

—¿Dónde está mi madre? quiero ir con ella.

Tras uno segundos sin saber que contestarla, Miguel tuvo que improvisar una respuesta si querían que la chica les dijera que había sucedido con Silvia.

—Tu mamá está bien, no te preocupes. Lo único que se encontraba un poco cansada y para no retrasarnos decidió esperarnos en el coche a que volviéramos con vosotras, y si no la quieres hacer esperar mucho, nos tienes que decir donde se encuentra tu hermana. —Un nudo se fue formando en su garganta a cada palabra que pronunciaba. No obstante que otra cosa podía hacer. Decirle la verdad sería un golpe demasiado duro, y era prioritario encontrar a la otra chiquilla y localizar un teléfono. Aquella quimera pareció funcionar ya que la niña comenzó a narrarles lo sucedido.

Al llegar a la parte donde la madre salió por la ventana pidió un poco más de agua y prosiguió con su relato.

—Después de estar un rato esperando a que volviera escuchamos ruidos. Yo estaba segura de que era mamá, pero Silvia se asustó y salió huyendo. Intenté detenerla pero no lo conseguí, así que fui tras ella gritando una y otra vez que se detuviera, pero no me hacía caso. Cuando llegamos a la carretera la pude dar alcance un poco más adelante al tropezarse. Al llegar vi que se quejaba de la rodilla. Le dije que mami nos había dicho que no nos moviéramos, y cuando logré convencerla para volver, uno de esos monstruos emergió del bosque cojeando. Al vernos se dirigió a por nosotras.

—Frank al escuchar esa parte de la narración y el problema que presentaba el infectado especuló que Susana se defendió con uñas y dientes, y que gracias a eso las niñas, o por lo menos una de ellas logró ponerse a salvo.

—Yo corrí todo lo que pude y al entrar en este lugar me dirigí a este edificio. Creía que mi hermana me seguía, pero al volverme no estaba junto a mí. Me entró el miedo y me escondí aquí. Se que hice mal, que tenía que haber vuelto a buscarla. —La niña amagó con volver a sollozar, pero se contuvo expulsando tan solo un par de lágrimas—. ¿Creéis que estará bien? —Las dos gotas se transformaron en cuatro y así hasta convertirse en un reguero al finalizar la pregunta. —Estoy convencido que logró ponerse a salvo. Sois unas niñas muy listas. Vamos a mirar en el otro edificio, seguro que está escondida en alguno de sus rincones. Tú nos vas a esperar aquí. ¿De acuerdo? —Sandra asintió con la cabeza a la vez que se pasaba el antebrazo por la cara para secarse las lágrimas. Le dieron la botella de agua y echaron el cerrojo.

Al llegar a la estructura principal, Miguel dejó la bolsa con las armas en el suelo armándose con el revólver. Frank se aproximó a la mochila y se apropió una de las escopetas. La edificación era de una sola planta compuesta de un largo y estrecho pasillo con siete puertas repartidas tres a cada lado con una última al final del pasaje. Las tres situadas a la derecha eran dos salas para quirófanos y un almacén. En las de la zona izquierda según entraban podían encontrar un aseo, un despacho y un laboratorio. La séptima era para el personal del complejo. En las blancas baldosas divisaron pequeñas gotas de sangre de color rojo que recorrían todo el corredor, adentrándose en la sala de uso común. Prosperaron tras el goteo avizores a cualquier imprevisto que pudiera asaltarles. Frank iba en cabeza, y a pesar de tener sus cinco sentidos en alerta se vio sorprendido por una infectada cuando estaba a punto de alcanzar la sala del fondo, motivado por la velocidad con la que efectuó su embestida. Ambos cayeron contra el embaldosado causando que Frank se llevara un buen golpe en la nuca que provocó que perdiera la visión por unos segundos. Al desplomarse y gracias a la inercia la escopeta que sujetaba con ambas mano quedó entre su pecho y el cuello de la venosa, separándolos tan solo por unos veinte centímetros. Las mandíbulas de la agresora no paraban de castañear a medida que recortaba peligrosamente la distancia. Miguel reaccionó rápido encañonando el revólver sobre el cráneo de Yolanda a la par que Frank le pedía casi sin aliento que disparara. Para su desconcierto no obró tal petición tomando en esta ocasión la decisión correcta, ya que la potencia del arma hubiera causado que la bala atravesara el cráneo de la infectada matando también a su amigo por la proximidad de ambas cabeza. Sin embargo Miguel tenía que reaccionar y pronto. Él más que ninguna otra persona sabía por experiencia propia cual era la sensación de angustia e impotencia que provocaba tener un venoso encima, y que si no llega a ser por la sangre fría de Susana ahora no estaría allí. Aquella herramienta que utilizó la mujer para salvare la vida ahora le sería de vital utilidad, pero en estos momentos le parecía que estaba a kilómetros de distancia, pues era consciente que el tiempo que invertiría en retroceder hasta la bolsa y hacerse con ella le otorgaría el espacio suficiente para que la atacante lograra su propósito, teniendo que hacer frente a dos venosos, siempre que Frank no falleciera al ser contagiado. Cuando parecía que el destino para su compañero estaba escrito, un destello le abrió los ojos. El objeto que utilizaría para acabar con la venosa lo tenía enfrente, incrustado en la mano derecha de la atacante. Lo agarró por su empuñadura de plata y lo sustrajo. De la herida destaponada salió con fuerza una efusión de fluido negro salpicando la inmaculada pared. Al tener el utensilio en su poder pudo ver que la hoja no tenía grandes dimensiones, cavilando que si se la clavaba con todas sus fuerzas sería suficiente, así que aferró el mango con ambas manos y ejecutó la acción.

Frank comenzó a notar como la presión disminuía poco a poco hasta que sus fuerzas fueron mayores que la de su agresora, consiguiendo por fin quitársela de encima. Permaneció en esa postura hasta que recuperó el fuelle. Con las pulsaciones retornando a la normalidad agradeció a Miguel su liberador ejercicio, accediendo poco después a la estancia sin ningún sobresalto más. Dentro de la sala había el mobiliario apropiado para que los empleados pudieran tomarse un respiro. Todo estaba bastante limpio y ordenado a excepción de una bandeja de cubiertos que yacía esparramada por el suelo. El rastro de plasma se perdía en una ventana entre abierta, lo justo para que pasara un cuerpo de mediana estatura. Al aproximarse a la cristalera observaron que las gotas de sangre roja se entremezclaban con fluidos corrompidos. Frank desplegó por completo la ventana y sacó medio cuerpo fuera, para poco segundos después volver a meterlo dentro y mirar a Miguel negando con la cabeza.

—Echaré un vistazo a los exteriores, tú deberías buscar un teléfono.

—De acuerdo, pero ten mucho cuidado.

Frank evaluó con una rápida mirada aquel comedor sin muchas esperanzas de hallar el aparato que andaba buscando, dirigiéndose a la única sala de aquel edificio donde podía haber uno. Al llegar abrió la puerta del despacho del director dando un brinco de jubiló al ver el ansiado artefacto de comunicación en uno de los laterales de la mesa junto a una libreta y varios bolígrafos con el logotipo del centro. Antes de dar el siguiente paso Miguel apareció nuevamente de una búsqueda infructuosa.

—Nada, ni rastro de Silvia.

Frank ocupó el asiento del administrador, descolgó el teléfono y procedió a marcar unos dígitos que había memorizado a la perfección, llegando solo a teclear la primera numeración al sobresaltarse por el repentino griterío proveniente del aledaño complejo. Dejó caer el receptor que quedó colgando por el cable sin llegar a tocar el suelo y ambos con el corazón en un puño se dirigieron con precipitación hacía la edificación anexa. Al llegar sus peores temores se hicieron reales. Silvia se encontraba enfrente de la jaula de Sandra desesperada por hacerse con la persona que la ocupaba. La chica presentaba un desgarramiento en su gemelo derecho.

Silvia entró a la instalación unos metros detrás de Sandra por culpa de la maltrecha rodilla y seguida muy de cerca de la encrespada infectada. La chiquilla recorrió el pasillo mientras la herida de su articulación no dejaba de gotear. Entró en la sala común y cerró la puerta tras de sí antes de que su perseguidora arremetiera contra ella empezando así un incansable aporrear. Silvia se dirigió a la única ventana que poseía la sala e intentó correr un pestillo que apenas pudo desplazar unos centímetros, consiguiendo únicamente que se desprendieran varias virutas de óxido. Nerviosa, cansada y dolorida comenzó a buscar con desesperación un objeto con el que forzarlo, encontrándolo en una bandeja de cubiertos donde se hizo con un cuchillo pelador. Al cogerlo el afilado utensilio se enganchó entre los dientes de un tenedor atrayendo la fuente contra ella, organizando una gran escandalera al impactar los cubiertos contra el suelo. Esa estridencia excitó todavía más a la venosa que intensificó los golpes. La joven volvió sobre su única vía de escape e introdujo la puntilla del utensilio entre el cerrojo y el aluminio de la ventana, hasta lograr reventarla. La abrió lo suficiente para que cupiese su cuerpo justo en el instante que la puerta dejó de ser un obstáculo para su acechante. Silvia tenía medio cuerpo fuera cuando percibió que la sujetaban por su pierna derecha. La chiquilla aterrada se giró para clavarle el cuchillo pelador que aun sostenía, en la mano que la aferró, al mismo tiempo que la infectada lanzaba una dentellada contra su pantorrilla en una agresión simultánea...teniendo dispares consecuencias para ambas.

Silvia perdió el interés por su hermana al reparar la presencia de dos nuevos blancos. Frank por instinto, echó mano al revolver, pero por primera vez en todo ese embrollo le asaltaron las dudas. Vacilación que se disipó al escuchar a Miguel.

—¡No lo hagas! ¡Podría haber una vacuna en esos laboratorios! ¡Quizás haya una esperanza de salvarla!

Frank al escucharle retiró el dedo del gatillo, ejecutando una mirada rápida a ambos lados, para ver apoyado en la jaula del joven zorro, una vara de control. Sin dudarlo un segundo cogió el bastón y dio varios pasos hacia atrás por la proximidad de la chica, al mismo tiempo que lanzaba el lazo contra la joven venosa atrapándola por el cuello. Miguel al ver que logró apresarla se subió rápidamente en la jaula que predecía a la de la alimaña alzando su trampilla. Frank tuvo que hacer un esfuerzo casi inhumano para poder introducirla en la caja, cayendo la reja nada más soltó la lazada repudiando a Silvia en su interior.

La escena era digna de una película de Danny Boyle. Tenían tres seres vivos enjaulados emitiendo diferentes disonancias. Los de la infectada eran graznidos que te ponían los pelos de punta. Luego estaban los gruñidos del pequeño zorro, y por último los gritos de una aterrada Sandra. En esta ocasión los intentos por calmarla fueron inútiles.

—¡Tenemos que sedarla! ¡Tiene que haber algo en el otro edificio que nos pueda servir! ¡Quédate con ella, ahora vuelvo!

Frank se dirigió al edificio principal volviendo poco después con varios sedantes adquiridos de uno de los quirófanos, sin poder imaginarse jamás que el poco tiempo que permaneció estudiando medicina le serviría de algo. Quitó el precinto de un bote pequeño en el que se podía leer Midazolam injection y extrajo la cantidad adecuada usando una jeringuilla. Acto seguido se lo inyectó a la joven, que poco a poco fue entrando en un estado de placidez hasta quedarse dormida.

—Bueno… ahora hagamos esa maldita llamada de una vez.

Capítulo 18

El convoy

En la segunda planta del hospital donde se estaban gestionando las operaciones, al coronel le había llegada la orden de hacer una primera incursión a la montaña e intentar restablecer la situación al igual que hicieron en la estación de esquí, existiendo una consigna prioritaria por encima de esa: hallar el origen de la pandemia, vital para trabajar en una vacuna con la cepa original.

Los soldados que formarían el contingente, estaban altamente cualificados con docenas de misiones a sus espaldas en los países más conflictivos y peligrosos. Pero esto iba más allá de los quehaceres humanitarios, o de ejercer controles de carretera en busca de posibles terroristas. Esa misión, aumentaba los niveles de peligrosidad hasta límites insospechados, ya que se enfrentaban a un enemigo desconocido y de un potencial temible. A estos carices había que sumarle que más del ochenta por ciento del núcleo de infectados se encontraban en el interior del peñasco.

Esta orden llegó tras haberse confirmado que ningún infecto había logrado salir de aquellos límites. Si las noticias hubieran sido las contrarias, se les habría añadido otro problema aún más grave. Si ya era una compleja y delicada misión controlar aquel enorme macizo plagado de infectados por todos sus rincones, daba miedo pensar tener que hacer lo propio en un escenario con una población de más de cinco millones de habitantes. Si bien a pesar de ese comunicado tranquilizador para sus intereses, los controles no solo se mantuvieron si no que se reforzaron para contener una nueva oleada, conformada está por las cientos de personas que intentaban llegar al lugar de los hechos desesperadas por el destino de sus seres queridos, ya que desde que se cerró el espacio aéreo las informaciones llegaban contadas y difusas.

El oficial estaba ultimando los últimos detalles de tan ardua maniobra cuando una recluta destinada a telecomunicaciones accedió a la sala con premura echando al traste la operación.

—Mi coronel, ha vuelto a llamar, lo tenemos a la espera. Dice haber encontrado una instalación subterránea y tener pruebas de que en ese lugar se originó todo.

Prado partió detrás del soldado llegando a la sala de comedores donde se había establecido aquel operativo y se instaló unos cascos que le ofreció la tele operadora.

—Soy el coronel Prado. Tiene toda mi atención.

Frank se volvió a presentar y le puso al corriente de todo lo que sabía al respecto del complejo subyacente, exceptuando el detalle más importante: la localización exacta de la instalación. Aquella ocultación se debió a la terrible experiencia vivida en el control. No se fiaba de aquellos militares, siendo el as que guardaría debajo de la manga para asegurarse que irían a buscarlos. El único emplazamiento que le dio fue el de su paradero.

172

El coronel tras obtener toda la pesquisa le dijo que no se movieran de aquel lugar, factor por otra parte que no tenía intención de hacer. Prado tras poner al día a sus hombres de las nuevas eventualidades, ordenó que introdujeran en uno de los camiones varios generadores eléctricos, alargadores de luz y varios artículos más para usar en su nuevo designio. A tesón del cambio de planes en aquel convoy militar ya no irían solo soldados. La doctora Julia les acompañaría, pues si por alguna remota casualidad hubiera una inoculación en esa instalación era la idónea para localizarla. Cogió su maletín de trabajo y ocupó el asiento de un camión Pegaso junto al oficial. Si todo trascurría sin percances, llegarían a última hora del ocaso al centro de recuperación animal.

Mientras Frank realizaba la llamada, Miguel había permanecido en todo momento al lado de Sandra por si daba la circunstancia que pudiera despertar, situación poco probable puesto que el joven estudiante de química realizó un buen trabajo con la sedación. Se incorporó unos instantes para estirarse un poco ya que el dolor en sus cervicales empezaba a intensificarse. No había notado nada a excepción de unos pinchazos hasta el momento, pero al enfriarse la zona afectada los dolores se hicieron más notables. Unos estiramientos no le vendrían nada mal para aliviar la presión sobre el músculo. Se desperezó un par de veces a la vez que liberaba unos tímidos quejidos unidos a un sonoro chasquido, cuando la puerta se abrió accediendo Frank por ella.

—Dame buenas noticias, de malas ya estoy saturado.

—Vienen de camino. En unas horas estarán aquí, será mejor que descansemos un poco, nos vendrá bien.

La expresión de felicidad en el rostro de Miguel era digna de enmarcar haciéndole olvidar por unos instantes sus molestias.

Sandra seguía sumida en un apacible sueño a diferencia de su hermana que era todo lo opuesto. Frank se quitó su bolsa de hidratación y dejó que se le resbalara por sus dedos hasta que reposó en el suelo. Acto seguido descansó la espalda contra la pared deslizándose por ella entrelazando sus brazos sobre sus rodillas flexionadas. Posó la cabeza sobre los antebrazos y cerró los ojos ansiando poder desconectar por unos instantes, intuyendo que no sería una tarea fácil.

Miguel se acercó a un montículo de paja seca dejándose caer sobre el de espaldas procurando estirar todo lo posible su maltrecho cuerpo. El joven aficionado a la fotografía, permaneció con la mirada fija en un punto indeterminado del techo de aquella estancia sin poder evitar pensar en sus abuelos ahora que parecía que todo estaba llegando a su fin, sin poder redimir sus emociones en forma de lágrimas sumado a una enorme sensación de impotencia por no haber podido ayudarles.

A consecuencias de aquel melancólico estado, y al incesante alboroto de Silvia que no cesaba su empeño por salir, le fue imposible descansar lo más mínimo. Pasada cerca de una hora tumbado y retumbándole la cabeza por la algarabía de la joven infecta se incorporó, coyuntura que provocó que Frank levantara la cabeza fijando la mirada en él.

—¿Tú tampoco puedes descansar, verdad? —se interesó.

—Imposible, y creo que si no tomo alguna medicación que me ayude sufriré insomnio durante mucho tiempo. ¿Tienes hambre?

—Ahora mismo me comería una hamburguesa doble

chorreante de kétchup y mostaza, acompañada de un montón de patatas y una gran jarra de cerveza bien fría —le contestó mientras salivaba, sacándole una breve sonrisa.

—Pues creo que el Burger nos pilla un poco retirado. Te tendrás que conformar con lo que tenga esta gente en la nevera. Me acercaré y traeré algo.

Se sacudió la paja que se quedó adherida en su ropa y se encaminó hacia la salida. Pero apenas abrió un poco la puerta cuando la volvió a cerrar apoyando la espalda contra la madera. Su rostro era la viva imagen del miedo. Acción y semblante que no pasaron desapercibidos para su compañero de viaje.

—¿Qué ocurre? —le preguntó sin obtener respuestas de un empalidecido Miguel.

Frank sin abandonar su postura encorvada se dirigió hacía una de las ventanas dejando un par de surcos en el suelo al arrastrar los pies. Al llegar puso las manos en el alfeizar de la ventana asomándose lo suficiente y necesario para quedar ojiplatico al ver como accedían por la puerta principal una importante congregación de corrompidos, pudiendo contar a bote pronto la friolera cifra de unas treinta unidades. Miguel volvió en sí y se le unió, estando al tanto que todavía contaban con la ventaja de que no sabían que estaban allí ocultos, aunque era cuestión de tiempo si Silvia no dejaba de golpear los barrotes de la jaula con tanta intensidad y algarabía.

—Tenemos que hacer que pare o estaremos bien jodidos.

—Sabes que solo hay una forma de hacerlo, ¿verdad?

—Miguel afirmó con la cabeza y resignado volvió a ocupar su anterior posición en la jaula. Otra vez le tocaba hacer el trabajo sucio a Frank que por primera vez desde que todo estalló se le pudo ver realmente superado por los acontecimientos. Sin embargo no quedaba otra alternativa si no querían que todo acabara trágicamente cerca de la orilla después de haber remado tanto. Se aproximó a la mochila y corrió la cremallera apoderándose del cuchillo de cocina. Con el utensilio en su poder se posicionó enfrente de la jaula procediendo Miguel con una cuenta de tres con los dedos de su mano. Retiró el anular, suprimió el corazón, y cuando estaba a punto de ocultar el índice la sangre se les heló al escuchar el tremendo clamor que redimió Sandra al despertar guardando todavía en su retina la imagen de su hermana intentándola atacar.

Frank se llevó la mano al pecho creyendo que su órgano se había paralizado por unos instantes y temiéndose lo peor regresó a la ventana, verificando sus temores…decenas de ojos inmersos en las tinieblas se entrecruzaron con su mirada.

El joven se acercó con premura a la bolsa de las armas y volcó su contenido sin contemplaciones, al mismo tiempo que se le unía Miguel tras comprobar por sí mismo lo que se les venía encima. Frank contó la munición para la escopeta llegando a la escasa suma de diecisiete cartuchos.

—¿Cuántas balas te quedan para el revolver? —Miguel abrió el tambor del arma informándole que le quedaban solo tres balas.

—A mí solo me quedan cuatro —le contesto resignado sabiendo que se encontraban en una difícil situación debido a la escasez de munición.

Cargaron las escopetas en el momento en que los cristales de los enormes ventanales estallaban. Los primeros venosos irrumpieron en el escenario, comenzando a disparar a diestro y siniestro contra ellos según accedían. Un brazo volatilizado por allí, una pierna desmembrada por acá, y algún que otro acierto en la cabeza. En definitiva cuentas, un auténtico festín de vísceras y miembros humanos despedazados por todos los rincones. Pero el asedio de esas cosas era incesante ya que si abatían a uno entraban tres más. Con la munición de las escopetas agotada sacaron los revólveres según retrocedían, aniquilando a unos cinco más cuando el clic de las pistolas les anunciaba lo que pasaría a continuación. Los infectados fueron acortando la distancia y cuando se encontraban a escasos tres metros escucharon un ruido metálico.

—¡¡Entrad, rápido, entrad!!

Ambos jóvenes miraron a su derecha para ver con asombro como Sandra les gritaba tras haber corrido el cerrojo agradeciendo que la joven recobrara la sensatez en el momento más oportuno. El primero en alcanzar en interior de la jaula fue Frank que lo hizo sin ningún percance. Muy diferente fue el caso de Miguel que con medio cuerpo dentro se vio frenado por un venoso que le aferró por el tobillo. El infectado que carecía de pabellón ocular derecho abrió sus fauces lanzándolas contra su extremidad, consiguiendo únicamente llenar el suelo de incisivos, caninos y premolares al impactar la dura suela de la zapatilla de Frank sobre su boca, empatando a uno a lo referente a salvarse el culo. Con los dos dentro del armazón lograron volver a correr la cerradura justo cuando todos esos seres se agolparon contra los barrotes. El ruido de esas cosas golpeando las barras era ensordecedor. Gracias a que la jaula era para osos o animales de similar tamaño, de momento estaban fuera del alcance de sus garras. Por primera vez en toda su andadura y sin que sirviera de precedente dieron gracias a la cólera que les recorrían por el cuerpo ya que esta les cejaba de todo razonamiento. De no haber sido así solo tenían que haber corrido el pestillo y todo hubiera acabado. Miedo daba pensar si los infectados lograsen controlar esa faceta. A pesar de tener ese matiz a favor, los tres fijaron sus miradas en el pestillo que poco a poco y a consecuencia de la numerosa congregación y a su incansable agitación contra la jaula lo estaban llevando centímetro a centímetro hacia su apertura cada vez que lo rozaban para el devenir de los tres inquilinos que se hallaban en su interior. Cinco centímetros, tres...

El ruido de un frenazo les hizo desviar la atención sobre la apertura acaparando toda su atención aquella estridencia. Otro frenazo más y a continuación ráfagas de fusiles que dejaban en un segundo plano los gruñidos de los venosos. La puerta cayó accediendo al local varios militares equipados con mascarillas que abatieron a los infectados apenas estos se desentendieron de los jóvenes atraídos por la aparición de los hombres del coronel, monopolizando el entorno ambiental un fuerte tufo a azufre. Un militar con el rifle todavía humeante terminó de correr el cerrojo de la celda, emergiendo de ella Frank a toda prisa.

—¡No la disparéis! ¡No la disparéis! —gritaba a uno de los soldado que martilleaba su arma a pocos metros de la jaula de Silvia. El militar hizo caso omiso a aquel civil y dirigió el cañón a la cabeza de una excitadísima Sandra con tantas presas a su alrededor. Frank cerró los ojos e inclinó la cabeza derrotado al ver que sus suplicas no servían de nada.

—Bajé el arma —oyó para su asombro, levantando la mirada para ver como un hombre de mediana edad con tres soles dorados encima de cada hombro, seguido de una mujer ataviada con una bata blanca que le caía a la altura de las rodillas, hacían su entrada a la sala. Ambos también presentaban sendas máscaras, aunque a diferencia de los demás miembros del contingente, eran menos aparatosas. Antes de las presentaciones, un militar de la unidad médica les obligó a colocarse unas mascarillas de papel para a continuación sacarles unas muestras de sangre que entregó a la doctora.

No había duda por su aspecto físico que ninguno de ellos estaba contaminado, pero mientras hubiera una sola duda debían seguir los pasos que establece el protocolo por epidemias, y de interrogantes en lo referente al virus el cupo estaba desbordado.

Una vez hubo confirmación positiva en lo respectivo al estado de salud de aquel trio de supervivientes, Prado tomó la iniciativa.

—¿Quién de ustedes es Frank?

—Yo soy al que busca. —Se presentó el joven dando un paso al frente.

—Mi nombre es Prado, hemos estado hablando por teléfono, ella es la doctora Julia. Espero que lo que me ha comentado sea cierto y no nos haya hecho perder nuestro valioso tiem… —Frank no dejó que terminara la frase acercándose al lugar donde hace unos minutos intentaba descansar. Cogió de nuevo su mochila y sacó los frascos con la sustancia negra entregándoselos a la mujer del batín.

—Creo que esto paga su valioso tiempo y el de todos sus hombres. Aun así tenemos más pruebas —le manifestó a la vez que echaba una mirada de complicidad a Miguel.

La doctora abrió uno de los botes y las contrastó con las muestras que ya tenía del virus, mientras Miguel había sacado su cámara fotográfica enseñándole las fotos que sacó del interior de la instalación al coronel. Prado era un hombre experimentado y debido a su larga carrera militar era poco dado a sorprenderse, y ahora se encontraba estupefacto frente a una pequeña pantalla digital. Una vez visto el contenido y con la confirmación de la doctora de que se trataba del mismo fluido que corría por las venas de los infectados, el coronel les dijo que les llevaran sin perder más tiempo a aquel lugar. Lo que no esperaba fue la reacción de Frank.

—Les llevaré si cumple primero dos condiciones.

—¿Cómo que les llevaras? Yo voy contigo —dijo un sorprendido Miguel al ver que hablaba un singular.

—No, esto ya ha terminado para vosotros. Además, tú te has visto, estás hecho una mierda. —La lamentable apariencia de Frank no tenía nada que envidiar a la de su compañero de contingencias, cambiando la situación radicalmente cuando se hacía referencia al estado físico. El intenso dolor que sufría Miguel en su zona cervical presagiaba una lesión interna importante. Con el joven resignado, volvió a entrar en escena un coronel impaciente preguntando al muchacho cuales eran tales clausulas. En otra situación jamás se hubiera molestado en escuchar las pretensiones de aquel joven, pero llevaban un fin de semana que nada tenía sentido.

—La primera, como ya ha podido escuchar, sacará de aquí a mis amigos. La segunda, es que se llevaran a esa infectada que han estado a punto de liquidar, y si hubiera una vacuna en ese lugar al que vamos será a la primera que se la inyecten.

—El coronel no tuvo más remedio que aceptarlas a pesar de que esa última exigencia no fue de su agrado. Si no encontraban una inoculación no dudaría en hacer una llamada para dar la orden de meterla una bala en la cabeza.

Para tener a Sandra controlada y así evitar perder alguna de sus falanges al trasladar la jaula a uno de los camiones, la tuvieron que suministrar a través de una pistola de dardos una dosis de tranquilizante que hubiera sido mortal para cualquier ser humano o especie animal. Con el armazón detrás del Pegaso y con Miguel y Silvia sentados en la parte delantera de un Jeep, ambos vehículos pusieron rumbo hacia la desembocadura de aquella tormentosa experiencia.

Capítulo 19
El experimento

Frank ocupó un asiento junto al coronel y la doctora en otro vehículo poniéndose de nuevo el convoy en movimiento. No recordaba el punto exacto pero había un rastro irrefutable que encontró al poco de ponerse en marcha.

—Parad aquí, lo que queda de trayecto lo debemos hacer a pie —comunicó al conductor al ver restos de los animales.

Varios soldados bajaron los generadores, unos bidones de gasolina, alargadores eléctricos, linternas y varios focos de luz. Una docena de militares se quedaron en los vehículos mientras los demás cargaban con los diversos objetos siguiendo a Frank, que tras un descenso con algún que otro traspié para los hombres que trasportaban el material pesado, llegaron al acceso de la instalación. Llenaron de gasolina el depósito de uno de los generadores apostándolo en la penumbra de la puerta ante la atenta mirada del coronel Prado. A continuación, enchufaron un foco dando así luz al siniestro y angustioso interior.

Mientras una pequeña unidad de militares se preparaban

para emprender la expedición al complejo, Prado ordenó al teniente Montero que permaneciera fuera con la mayor cuantía de hombres y organizara un contingente con la función de establecer un perímetro de seguridad alrededor del acceso, llegando el momento de acceder una vez los soldados que bajarían estuvieron acondicionados para la labor. Frank que se había vuelto a dotar de su antigua mascara, sabiendo de buena tinta que aquella mascarilla de papel era inservible para soportar las hediondeces que allí abajo se localizaban, se les anticipó, sosteniendo en su mano derecha una de las mantas térmicas que se hallaban en la parte trasera del todoterreno. Bajo las primeras escaleras y se detuvo en el descansillo tapando el cuerpo de Susana. Sin mediar palabra los militares le superaron obligándole a echarse a un lado para dejarles paso.

—¿La conocías? —Se interesó la doctora al llegar a su altura obteniendo una respuesta con antelación por la decaída expresión del joven.

Terminado el descenso situaron un segundo generador con su correspondiente foco al sobrepasar la segunda apertura, alumbrando el macabro espectáculo que ofrecía aquel complejo construido en las entrañas de aquella majestuosa montaña convertido ahora en un enorme panteón.

—¡Seguidme! lo que nos interesa está en la segunda planta —les notificó un ávido Frank por llevarles a la única zona donde podrían obtener respuestas a todo lo que sucedía y con ello acabar cuanto antes.

Dos militares se quedaron en la puerta, mientras otro par se ponía tras los pasos de Frank cargando con un último equipo de iluminación. Diversos metros por detrás, lo hicieron el coronel y la doctora. Ya en el segundo nivel, posicionaron los reflectores de tal forma que alumbrasen ambas zonas. Con linterna en mano, procedieron a revisar con toda meticulosidad las salas iniciando el proceso por las del personal tomándose su tiempo al entrar en la sala cinematográfica donde los arácnidos y los parásitos se contaban por cientos. El motivo fue que dentro de esta estancia encontraron varias cintas de la época en una estantería y un proyector de cine antiguo cubierto con una gran capa de polvo y telas de araña.

El coronel ordenó limpiarlo y que lo conectaran a uno de los generadores a través de un alargador eléctrico. Una vez realizadas dichas operaciones, quedaron sorprendidos al comprobar que todavía funcionaba al apretar el interruptor de encendido. Frank que se había quedado al margen de la intervención, se les unió al saber de dicho hallazgo pues no tenía pensamiento perderse ni una sola imagen de aquella proyección después de todo lo que había vivido. En la balda de la estantería se alcanzaban a contar más diez cintas, estando solo cuatro numeradas con fechas. Cogieron la primera datada en el 4/8/1943 y la pusieron en el dispositivo. Tras una cuenta atrás en blanco y negro pudieron ver proyectadas las primeras imágenes con algún que otro amago de obstrucción.

En la reproducción despuntaban dos personas de diferentes edades engalanados con batas blancas en un laboratorio. El hombre más longevo presentaba una poblada cabellera blanca a excepción de su coronilla. En su rostro, exteriorizaba una barba canosa de varios días. Todo ello lo conjuntaba con un complemento en forma de gafas circulares sujetas por un cordel. El más joven que a primera vista parecía ser su ayudante, presentaba una melena dorada que le cubría las orejas con un cutis perfectamente afeitado. Un detalle a destacar en este personaje era un portentoso sello de oro. A la izquierda de la sala de trabajo se podía ver una celda con una cama en su interior cuyas sabanas estaban perfectamente remendadas e impolutas. En el centro se localizaba una camilla con correajes. En uno de sus laterales sujeto por un soporte suspendía una bolsa de trasfusión con su correspondiente vía. Por último y para terminar con el equipamiento de la estancia a su derecha, se ubicaba una amplia mesa con equipo de laboratorio, donde destacaban los beakers, los balones de destilación, las probetas y los embudos. Pero de entre todos esos objetos les llamó con fuerza unos en concreto. Unos tubos de ensayo que contenían un fluido fuliginoso.

El hombre octogenario tras sustraer un poco de líquido de una de ellas a través de una jeringuilla, le hizo un gesto de complicidad al que ya no quedaba ninguna duda era su asistente. El joven subalterno salió del laboratorio por una puerta de hierro de gran anchura. Trascurrido un breve espacio de tiempo volvió a entrar. En esta ocasión no accedió solo ya que unos pasos por detrás lo hicieron dos personas vestidas de uniforme que traían a un tercer tipo en volandas vestido con un pijama de color naranja. Al sujeto en cuestión se lo podía contemplar moribundo a consecuencia de alguna de las mortíferas enfermedades de la época. Los mercenarios le recostaron sobre la camilla y le fijaron las correas echándose a un lado a continuación. El científico le conectó la vía en su brazo derecho e introdujo el contenido del utensilio medicinal en la bolsa de transfusión por un pequeño conducto comenzando así el descenso por la vía directo a su torrente sanguíneo. Tras unos instantes sin que sucediera nada el hombre que apenas podía mover un dedo, comenzó a tener convulsiones y expulsar sangre por todos los conductos de su cuerpo. El ropaje naranja se empezó a teñir de negro por la zona de su entrepierna. Transcurridos unos largos treinta segundos los espasmos cesaron.

El ayudante le tomó el pulso y negó con la cabeza. El conductor de aquella operación cogió otra jeringuilla, en esta ocasión vacía y extrajo unos mililitros de los fluidos del cuerpo inerte. Acto seguido, se acercó a un microscopio para examinarla mientras los hombres uniformados volvían a entrar en escena llevándose el cadáver en esta ocasión arrastras. En esa cinta la operación de tratamiento se repetía una y otra vez con el mismo resultado. Lo único que cambiaban eran las fechas llegando un cuarto de hora después a su conclusión, emplazándola por la segunda cinta con fecha 19/8/1943.

El procedimiento era idéntico y todo apuntaba a que en esa reproducción verían más de lo mismo hasta que llegaron al día veintitrés. Era una transfusión como todas las demás, pero al término de las convulsiones, el hombre no emanó ningún tipo de emulsión por sus orificios. El discípulo como hacía siempre tras parar el tembleque, le tomó las pulsaciones haciendo en esta ocasión un gesto tangible. Sin perder un solo segundo los dos hombres dedicados a transportar a aquellas personas lo desataron y lo introdujeron en el habitáculo de rejas tumbándolo sobre la cama de costado. Una vez en su interior, el joven de melena dorada se aproximó a la puerta, sacó una llave y echó el cierre.

No volvieron a realizar ninguna operación médica más, dedicándose en exclusiva a aquel sujeto. Le tomaban con relativa continuidad muestras de sangre y comprobaban sus constantes vitales, transcurriendo así los dos primeros días con el hombre postrado en el ahora desecho camastro. Al llegar a la fecha del 26/8/1943 el hombre abrió los ojos. Aquel varón moribundo no solo venció a la muerte si no que también había ganado la batalla a la decrepitud. Con la fase uno completada con éxito pasaron a la dos. El ayudante se presentó con un pequeño maletín de refrigeración cuyo contenido eran pequeños botes que contenían la toxina de diversas enfermedades tales como: el dengue, disentería, malaria, tétano o tifus. El personaje canoso llenó varias jeringuillas con un poco de cada muestra, mientras el subalterno abría el habitáculo para que su patrón accediera inyectándoselas sin ningún tipo de escrúpulos.

Con tantas afecciones letales recorriendo cada centímetro de su organismo, el hombre debería haber muerto en cuestión de horas entre terribles dolencias. Pero para asombro del coronel y compañía aquel individuo era la viva imagen de la salubridad, pasando así a la última fase al comprobar los esplendidos resultados obtenidos. La vacuna fue inyectada a uno docena más de sujetos. Estos fueron trasladados a otra sala, a excepción del sujeto uno que permanecía en todo momento en su armazón, instante en el que llegó esa segunda sesión a su conclusión.

Uno de los militares se acercó al estante informando al coronel que la tercera cinta estaba vacía. Prado al oírle se acercó suspicaz comprobando por sí mismo tal información.

—Tenemos que localizar el laboratorio donde se hicieron las grabaciones.

Abandonaron la sala cinematográfica en dirección a la otra zona deteniéndose en el único laboratorio que permanecía cerrado a cal y canto. Sin embargo ese motivo no fue la mayor sorpresa, ya que al ras de la abertura se podía ver como yacía otro cuerpo cadavérico cubierto con lo que en algún tiempo fue una bata impoluta con un orificio en el cráneo.

—Hay que detonar la puerta coronel, es como un bunker —Le comunicó uno de sus hombres.

—Espera, creo que no va hacer falta —interrumpió Frank al soldado que tanteaba el rígido y grueso acero.

Frank se arrodilló sobre el fósil, lo cogió por el humero y lo blandió permitiendo ver sus falanges desprendiéndose una sortija de su consumido dedo anular. Con su presagio confirmado introdujo la mano dentro de la mugrienta prenda sacando una llave.

—Pruebe abrirla con esto —le dijo al militar según se la lanzaba. El hombre la agarró al vuelo confirmando que era la de aquella puerta una vez la introdujo en la cerradura y le dio varias vueltas sin mayores esfuerzos. El haz de luz de las linternas dejó ver a primera instancia otros dos cuerpos en las mismas condiciones que los del resto de aquella instalación. Uno atado en la camilla y otro sobre el pavimento con la misma vestimenta que el cadáver que encontraron al ras del acceso. Ambos presentaban sendos orificios en sus cráneos aunque en diferentes puntos, producidos sin ningún tipo de duda por una P-08 Luger próxima al cadáver sin ataduras. Al lado del segundo cúmulo de huesos, se localizaba un soporte que albergaba otro proyector con dos cintas más. Una encima del aparato y otra dentro. El coronel se apresuró y se hizo con ambas, tomando de nuevo rumbo hacia la sala de cine, no sin ordenar antes que colocasen un foco de luz en ese laboratorio.

Insertaron la tercera cinta volviendo de nuevo a escena los mismos protagonistas. La fecha que indicaba en la parte superior derecha era la del 27/8/1943. Todo transcurría más o menos donde lo dejaron. El sujeto uno permanecía de pie dentro de su cautiverio. El científico jefe se encontraba llenando varios botes cuentagotas de aquella bruna emulsión que sustraía de un recipiente más grande. Antes de cerrarlos echó unas gotas transparentes en ambos receptáculos, quedándose con uno en su poder. Finalizada la operación se los entregó en una gradilla a su ayudante junto con el resto del líquido que quedaba en la matraz. El subalterno se hizo con los recipientes y salió del laboratorio. Frank nada más ver aquella escena, tuvo la certeza que esos botes eran los mismos que había cogido horas atrás, y que la probeta que visualizó volcada al ras de la mesa tenía que ser también esa, preguntándose el por qué las dejo allí y no las guardó en una de las neveras frigoríficas. Duda que sería esclarecida a continuación…

Al poco de desaparecer del escenario con los receptáculos, el sujeto uno se desplomó sin motivo aparente, alertando al científico que se encontraba de espaldas a la celda. La estridencia que formó el cuerpo al impactar contra el piso le sobresaltó, originando que éste se volviera hacia la procedencia del golpe. A continuación sucedió algo que no había ocurrido en ninguna de las otras visualizaciones. Por primera vez pudieron oír la voz de sus protagonistas en un idioma solo entendible para la poliglota doctora que sin dudarlo, inició a traducir cada palabra que salía por la boca del doctor. El hombre comenzó a llamar al ayudante alarmado, retornando el joven con apremio sobre sus pasos al escuchar su nombre.

—¿Qué suce…No llego a terminar la pregunta ya que nada más irrumpir reparó en el motivo de aquel insistente reclamo. El discípulo sacó la llave y abrió la cancela. Nada más ingresar se arrodilló junto al vencido cuerpo posando sus dedos índice y corazón sobre su vena carótida. Tras unos segundos, se incorporó, indicando a su jefe que había fallecido con gesto contrariado.

—¡No, no puede ser, lo tenía! —Repetía una y otra vez

mientras aferraba una jeringuilla colmándola hasta el límite de su capacidad con el bote que se quedó. Pero al volverse para inyectarle el contenido, apenas dio un par pasos al quedar paralizado con lo que estaba sucediendo. El ayudante reflejó una mueca de extrañeza al ver que el hombre tenía clavada la mirada en un punto fijo tras su espalda. El palidecido joven comenzó a girar la cabeza al percibir una fuerte respiración cerca de su oído, observando de reojo, un semblante donde sus escleróticas y sus resaltadas venas eran negras como la noche. Sin tiempo de reacción el sujeto uno se precipitó contra él clavando sus dientes en su apéndice auditivo izquierdo extirpándoselo de una sola pieza impregnado las blancas sabanas con su líquido orgánico que no paraba de fluir. No obstante y a pesar de estar perdiendo gran cantidad de sangre y entre prolongados alaridos de dolor tuvo la sangre fría de salir del armazón y cerrar la cancela, volviendo a echarse la llave maestra al bolsillo en una acción auto impulsiva antes de caer de rodillas según se taponaba la herida con su mano derecha. Sin tiempo a preguntarse que estaba sucediendo, se escucharon disparos provenientes del exterior del laboratorio. El doctor exaltado por la resonancia, salió de la sala para comprobar que sucedía, perdiendo la imagen sobre su figura.

El científico se acercó a la barandilla y agarró con fuerza el pasamano contemplando como los demás pacientes a los que inyectó la vacuna presentaban los mismos síntomas que el sujeto que atacó a su servicial aprendiz. Los soldados incrédulos y viéndose atacados, descargaron sus armas contra sus agresores. A pesar de la barbarie que estaba presenciando en su rostro se podía ver reflejada una enorme mueca de orgullo al ver que los impactos que recibían los vacunados no les hacían frenar su ímpetu. Ademán que desapareció cuando un soldado antes de sucumbir, lograba alcanzar a uno de ellos en la cabeza.

El doctor permaneció ensimismado, cavilando que casi había logrado su propósito. Tan solo necesitaría un poco más de tiempo para apaliar aquel maldito efecto secundario, siendo consciente que jamás dispondría de tal periodo. El hombre regresó del absorto en el que se hallaba, al escuchar un quejido detrás de él. Al volverse, su ayudante todavía permanecía arrodillado, pero algo había cambiado. Las gotas de sangre provenientes de la herida habían formado un pequeño charco. Las últimas en caer ya no eran de tonalidad escarlata. El joven de cabellos rubios, ahora muchos de ellos de color púrpura empezó a incorporarse ya convertido en una de esas infernales cosas. El científico solo tenía una opción de salir de ese embrollo de una pieza, así que antes de que éste se irguiera por completo, entró al laboratorio recuperando la pantalla su imagen. Se acercó a la mesa y abrió el primer cajón, del que sacó una pistola modelo P-08 Luger. El que fuera hasta hace bien poco un servidor ejemplar ya se había erguido por completo y sin ninguna contemplación arremetió contra el científico, al mismo tiempo que una detonación retumbo en la sala. El subalterno cayó fulminado con un disparo en el centro de su cráneo, agradeciendo al soldado por enseñarle el camino para acabar con ellos. Agarró el cuerpo por los pies y lo arrastró fuera del laboratorio, justo cuando varios infectados empezaban a subir las escaleras atraídos por la descarga. Antes de que llegaran a su posición, volvió dentro cerrando la puerta estando al tanto nada más hacerlo que aquel laboratorio se convertiría en su tumba. El siguiente cuarto de hora los pasó en un estado de meditación sentado sobre el lecho donde había llevado a cabo sus macabros experimentos ante la atenta y perturbadora mirada del primer venoso, llegando poco después a la conclusión la tercera cinta, remplazándola por la cuarta y última película. En esta proyección, las fechas habían saltado en varios meses. Pasando del 27/8/1943 al 12/10/1943. Pero no solo cambiaron los meses del calendario. El sujeto uno se encontraba en la camilla inmovilizado con las correspondientes ataduras. El estado físico del doctor se había deteriorado bastante a consecuencia de la visible pérdida de peso. Una barba poblada y descuidada apenas dejaba ver ahora sus labios. Permanecía, como solía ser frecuente verlo trabajando sobre un tubo de ensayo. El color del contenido del recipiente para sorpresa de los espectadores no era el habitual. Lo dejó sobre un soporte y apuntó algo en una hoja. Una vez terminó sus anotaciones, se posicionó enfrente del proyector para volver a escuchar de nuevo su voz después de un pequeño carraspeo a consecuencia de la falta de líquidos en su organismo.

—Si esta cinta llega a manos de alguien, en ella explico todo lo que ha sucedido en esta instalación. Soy el doctor Declan. Mi nacionalidad no es relevante. Construí este complejo con un solo propósito, trabajar en una vacuna que proporcionaría a todo inyectado inmunidad sobre cualquier enfermedad por potente que esta fuera. Su capacidad de resistencia así como su fuerza, también se verían incrementadas alcanzando límites jamás vistos por ningún humano. Todo el proceso se estaba efectuando a través de fuertes mutaciones genéticas con el afán de alterar su ADN. Una vez hubiera logrado mi propósito, iba a vender tan codiciada inoculación al mejor postor. El dichoso afortunado de tenerla hubiera creado el mayor y más potente ejército con el que dominaría el mundo en estos tiempos de guerra y penumbra. Tras mucho tiempo trabajando, creí lograr mi propósito, procediendo a inyectárselo a personas moribundas. Sin esas transfusiones habrían muerto en horas, con mucha suerte en días. Sin embargo, y muy a mi pesar el experimento se complicó convirtiéndose en un peligroso y potente virus, infectando a toda persona vacunada. Los síntomas que presentan los contagiados son escleróticas de tonalidad negruzca e hinchazón de las arterias. Aunque por encima de estos, destaca la extrema agresividad. He estado observando su comportamiento y no atacan por un simple brote de locura. Lo hacen con el propósito de unir a todo humano sano a su congregación. Por alguna extraña razón que desconozco no todos se infectan al ser contagiados, ya que algunos mueren al contraer el virus. Para poder averiguar cuál es el motivo debería salir fuera y hacerme con uno de esos cuerpos. Eso jamás pasara. Saben que estoy aquí. A veces se tiran horas golpeando la puerta. Si no llega a ser por su blindaje ya la hubieran tirado abajo. He tenido tiempo de pensar en todo lo ocurrido, y decidí trabajar en un posible tratamiento. —Los oídos de la doctora se agudizaron—, consegui inmovilizar al primer sujeto que respondió a la transfusión a través de numerosos calmantes. No fue una tarea fácil, pero al final lo logré. Tras varios tratamientos sobre él he conseguido avances. Esta última prueba ha tenido resultados positivos. Las escleróticas del paciente así como su plasma, han empezado a disminuir su intensidad, volviendo a su estado natural. Pero ha surgido un problema y es que me he quedado sin suministros y no podré continuar con el proceso. Tan cerca y tan lejos a la vez ya que lo que necesito se encuentra en el laboratorio tres, y aunque pudiera conseguirlo no me serviría de nada ya que llevo una semana donde el abastecimiento eléctrico me lo proporciona el depósito de reserva. No creo que me queden más de dos horas de luz. —El doctor se aproximó a la mesa y cogió el tubo de ensayo junto a los apuntes volviendo a su posición frente al proyector—. En este recipiente está el último tratamiento, y en esta hoja he apuntado todas las observaciones.

Con esas últimas palabras regresó a la mesa y de otro bote que contenía anticoagulante sustrajo varias gotas que añadió al recipiente con la vacuna. Lo tapó a conciencia y lo metió dentro del cajón al lado de las anotaciones, cambiando ambos objetos por la pistola. Se acercó al sujeto uno y le voló el encéfalo, para acto seguido y sin titubear un instante llevarse el cañón de la P-08 Luger a su boca apretando el gatillo.

Capítulo 20

El conducto

La sala quedó en un silencio sepulcral asimilando aquella información. La primera en reaccionar fue Julia, que sin mediar palabra, salió con rapidez hacia el laboratorio principal. El coronel la siguió unos pasos por detrás mientras Frank se volvía a quedar en un segundo plano. Julia fue sin ningún tipo de vacilación a por el tubo de ensayo y los apuntes. Abrió el cajón y ahí estaban, justo en el mismo lugar donde hace ya más de medio siglo lo dejó el científico suicida. Al coger el recipiente se percató que su capacidad se había evaporado en más de un cincuenta por ciento por el paso de los años, subsistiendo el contenido exacto para una dosis. Una vez lo guardó en su maletín junto con la anotaciones, salió fuera donde le esperaba Prado con gesto tenso.

—Lo tengo todo, no hay tiempo que perder. Tenemos que regresar cuanto antes y empezar a trabajar para sacar su composición.

Bajaron las gradas reuniéndose de nuevo con Frank, al

que sobrepasaron casi a la carrera en dirección a la salida. Al llegar a la puerta que daba al último tramo de escaleras, escucharon como alguien bajaba con precipitación. Lo pasos apresurados se camuflaron con los primeros disparos provenientes de las armas de los soldados que se quedaron en el exterior formando el perímetro de seguridad a las órdenes del teniente Montero. Militar que se les apareció poco después jadeante.

—¡Mi coronel, tienen que retroceder! ¡Han roto nuestra línea de defensa! ¡Busquen un sitio donde ocultarse, intentaremos contenerlos! ¡Tienen que darse prisa, están bajando!

—Al laboratorio, tenemos que volver al laboratorio. Es el lugar más seguro de este maldito lugar —les anunció Prado que por unos instantes pensó en quedarse a ayudar a sus hombres. Pensamiento que descartó ya que en esos momentos lo prioritario era poner a buen recaudo la vacuna que viajaba en el maletín de la doctora. Al llegar el coronel accedió en última posición y comenzó a cerrar la puerta tras de sí. Frank se situó en medio de la sala con claros síntomas de preocupación, revisando cada recodo del laboratorio.

—¡No la cierre coronel! —Le comunicó antes de que éste lograrla su propósito. Prado se detuvo y le miró extrañado, en el instante que las detonaciones empezaban a perder intensidad—. ¡Si nos quedamos aquí dentro acabaremos como sus antiguos inquilinos! ¡Tenemos que llegar al laboratorio tres! ¡No hay tiempo para explicároslo pero tenéis que confiar en mí!

Al término de esa información, el joven salió corriendo hacia el nuevo destino. El coronel miró a julia cuyo gesto de cabeza le indicaba que debían seguirle, poniéndose así tras el muchacho. Los disparos cesaron por completo, y al igual que sucedió con el doctor en la tercera cinta el coronel se agarró a la barandilla para ver como sus hombres estaban sucumbiendo a esas cosas.

—¡Vamos coronel, reaccione, están subiendo! —Pudo escuchar decir a la doctora. Advertencia que le hizo reanudar la marcha, en el momento que un par de infectados lograron alcanzar el nivel en el que se encontraban. Prado al ver la proximidad de los venosos desenfundo su arma para acabar con ellos. La segunda bala que salió de la pistola se hospedó en la cabeza del que hasta hace poco era su mano derecha, cerrando Frank la puerta del laboratorio número tres nada más accedió.

—¿Qué diablos tiene este sitio de especial para que arriesguemos de esta forma nuestras vidas? —le preguntó de malas maneras en el preciso instante que media docena de infectados se agolpaban sobre el acceso produciendo un ruido ensordecedor al aporrearla con la insistencia que los caracterizaba. Frank dirigió su foco de luz sobre un conducto de ventilación.

—Eso. Esa será nuestra vía de escape —Le informó Frank a la vez que dirigía su foco de luz sobre un conducto de ventilación.

El ímpetu de los venosos no cesaba y al ser aquella puerta de menor grosor que la del laboratorio principal, era cuestión de tiempo que la echaran abajo. El coronel se acercó al sistema de ventilación e intentó retirar la trampilla sin poder lograrlo al estar atornillada. Frank al ver la contrariedad se le unió según se despojaba de la mochila sacando una herramienta compacta que llevaba para solucionar posibles averías en su bicicleta.

—¿Me puede alumbrar coronel? —le pidió mientras buscaba la cabeza apropiada para aquellos tornillos. Con el utensilio apropiado les desprendió la capa de óxido que los cubría y procedió a desatornillarlos bajo el haz de luz de la linterna del militar rezando para que no se partieran por el mal estado en el que se encontraban. Suceso que no se produjo desenroscando el último tornillo poco después con la consiguiente caída de la trampilla. El hueco era suficiente grande para que sus cuerpos entraran por él. La doctora se acercó y observó aquel oscuro y sucio agujero.

—No seré capaz de hacerlo —les comunicó al ver la inclinación y los tres dedos de mugre que cubrían sus paredes.

—Coronel, ¿en alguno de los vehículos hay cuerdas? —preguntó el joven a la vez que metía la cabeza en el hueco y alumbraba su interior.

—Sí, claro, hay todo tipo de equipamiento ¿Por qué?

—No será fácil pero creo que puedo hacerlo. Intentaré llegar hasta el convoy y coger algunas cuerdas. Con ellas podré ayudar a la doctora a subir ¿Qué le parece?

—No tenemos muchas más alternativas.

—De acuerdo, si lo lograse, una vez este sujeta pegar un par de tirones. Esa será la señal para empezar a tirar.

Frank se ajustó bien la mochila y se dirigió con decisión hacía el conducto, cuando el coronel le frenó agarrándole por el hombro.

—Toma, cógela. Te hará más falta a ti. Si entran a nosotros no nos servirá de nada. —Le detalló el coronel ofreciéndole su Glock 18. Frank le dijo que se la introdujera en la mochila y con el arma en su poder desapareció por el roñoso agujero. No fue una escalada sencilla, y a pesar de sufrir algún que otro traspié en su afán, conquistó el otro extremo donde le esperaba otra trampilla saturada en su otro canto por hierbajos que hacían inútil el cometido para el que se construyó. Esta al tener los tornillos en la otra cara, tuvo que reventarla propinándola varias patadas. No era creyente pero

198

rezó por primera vez en su vida porque ningún infectado anduviera lo suficientemente cerca y llegara a su a su posición atraído por el ruido antes de que pudiera salir. Una vez fuera se retiró la asfixiante máscara, inhalando grandes exhalaciones de aire. Se sacudió la polvareda de la ropa y permaneció un instante inmóvil atento a cualquier ruido sospechoso que se pudiera producir, agradeciendo a Dios el haber escuchado sus plegarias. La noche ya se había cerrado sobre aquel macizo, factor que le sería favorable para pasar desapercibido en su tarea de llegar a los camiones. Al no saber porque punto había emergido, avanzó despacio agudizando el oído percibiendo al poco de ponerse en marcha una leve algarabía que se fue intensificando según progresaba. Aquel ruido le llevo cerca de la entrada a la instalación donde oculto entre la maleza, vio cerca de una veintena de venosos alrededor del acceso. La gran mayoría con uniformes militares. Desde su posición solo tenía que ascender la colina y daría con el camino donde estaba estacionado el convoy.

Al llegar a la senda divisó el camión que clausuraba el destacamento. En torno a la fila de vehículos, se podía ver los cuerpos de los soldados que no superaron la infección. En el peor de los casos, la muerte era la mejor salida. Frank procedió con mesura hacía la parte trasera del carruaje, llegando poco después a su posición. Corrió la lona de colores verdosos y se adentró en su interior hallando lo que había venido a buscar en la parte frontal de la trasera del vehículo sujeto por unos ganchos, haciéndose con las cuerdas entrecruzándoselas por el pecho. Con el primer objetivo cumplido y cuando se disponía a volver al conducto, reparó en unos objetos que no contaba con ellos, pero que le serían de gran ayuda para su siguiente tarea en una de las esquinas. Estos eran dos piolets y un arnés que no dudó en coger. En el tiempo que duró el itinerario de vuelta, deliberó que aquella labor había sido más sencilla de lo que en un principio había supuesto. Reflexión que se trastocó al detectar dos infectados cerca del conducto, esfumándose de nuevo toda esperanza de ideología religiosa. Su primera reacción fue echar mano al arma y meterles una bala entre ceja y ceja, alejando esa acción de su cabeza, ya que un disparo en el silencio de la noche atraería a todo venoso en un kilómetro a la redonda. Lo último que quería era encontrarse con una horda de esas cosas encima mientras tenía las manos ocupadas tirando de la cuerda. Gracias al abrigo que le ofrecía la oscuridad, evitó que se percataran de su presencia. Lo que iba hacer era arriesgado y no daba opción al error. El mínimo fallo podía ser desastroso para su subsistencia. Frank atenazó con firmeza los piolets y esperó a que ambos venosos se alinearan para dejarse ver. Los infectados al verle lanzaron un gruñido y emprendieron la carrera hacía él colmados de cólera. Frank hizo lo propio y elevó los piolets por encima de sus hombros para coger impulso dejándolos caer sobre sus cabezas a la par. Dos chasquidos simultáneos le anunciaron que había logrado su propósito sin sufrir daño alguno. No perdió tiempo en sustraerlos de sus cabezas y ligó varias cuerdas, amarrándolas al tronco del árbol más cercano con un nudo corredizo…

—No van a parar nunca. Me va a estallar la cabeza.

—Temo que si lo harán y será pronto —le contradijo Prado al ver como los soportes de la puerta empezaban a ceder.

—Crees que lo habrá logra…

El ruido de un objeto golpeando las paredes metálicas y

el posterior avistamiento de un arnés atado a una cuerda, contestó la pregunta de Julia. Prado lo cogió y sin perder un solo segundo se lo colocó a la doctora. Si bien lo primero en subir no fue ella, sino su maletín, que tras los dos tirones establecidos desapareció en un visto y no visto por el hueco. Segundos después ya tenían de vuelta la amarra. El coronel la hendió por la hebilla del equipo de escalada con una lazada As de guía y se lo puso a Julia que se introdujo en el agujero una vez puesto. Tiró dos veces y empezó así su ascensión. La doctora hacia todo lo posible para suavizar el trabajo a Frank impulsándose como podía con los pies y las manos. Cuando el joven la tuvo a la vista, estiró su brazo tirando de ella. Julia se derrumbó agotada y sin apenas haber recuperado el fuelle se quitó el arnés lanzándolo de nuevo al conducto esperando que no fuera demasiado tarde para los intereses del hombre que aún quedaba abajo. Lo siguiente que hizo fue despojarse de la incómoda y ya innecesaria mascara. Una de las cosas que sacaron en claro al visualizar, las cintas era que el virus no se propagaba a través del aire.

El oficial permanecía atento a la apertura esperando su turno visiblemente inquieto a pesar de su experiencia ya que nunca se está preparado para la muerte cuando esta acecha tan cerca, pues sabía que si le mordían ese sería el desenlace al ser del grupo sanguíneo que no superaba la infección. Con esa incertidumbre en el hombre se produjeron dos acontecimientos simultáneos. El primero y bueno para sus intereses fue que el arnés volvió a caer. El segundo menos favorable floreció en la puerta que perdida varios amarres. Sin tiempo que perder cogió el arnés y se lo puso empleando muy pocos segundo en el proceso. Se introdujo en el conducto justo en el instante que la puerta ya no aguanto más…

Frank en esta ocasión tiró con la ayuda extra de la doctora sintiendo que la cuerda se tensaba a consecuencia de que apenas el coronel inició su progreso por el sistema de ventilación, se vio frenado por un infecto que le atrapó por una de sus botas. El hombre tenía la sensación de que le iban a desmembrar por la fuerza que forjaban ambos, así que hacía algo o subiría con una extremidad menos con el consecuente fallecimiento por la cuantiosa pérdida de sangre que sufriría. Prado consciente de aquel percance echó mano a una pequeña funda situada en el lateral derecho de su cinturón y desenfundó un machete militar táctico, estirando el brazo todo lo que pudo hasta lograr acercar la punta del arma blanca a los cordones del calzado militar. Varios movimientos rápidos con el utensilio punzante cortaron los flecos liberando su pie, alcanzando poco después el otro extremo del conducto.

—¿Qué ha sucedido coronel? —se interesó Frank una vez estuvo fuera de peligro.

—Un pequeño contratiempo, pero estoy bien —le contestó mientras se despojaba de la máscara y revisaba su pie para ver si seguía teniendo todos los dedos. Al alzar la mirada vio los dos cuerpos con los piolets incrustados y se dirigió hacia ellos al ver que uno vestía uniforme militar. Se inclinó ante su hombre despojándole de la bota izquierda una vez comprobó que era de su número. Mientras se ataba el calzado Frank llegó a su altura y le devolvió la pistola. Lo siguiente que les dijo fue que le siguieran.

Al alcanzar los vehículos, rebasaron todos hasta llegar al camión que encabezaba el convoy. El coronel abrió la puerta del piloto comprobando que las llaves no estaban en el contacto.

—Hay que registrar los cuerpos por si alguno tiene las llaves —les advirtió al tiempo que abandonaba el trasporte y comenzaba a inspeccionar los bolsillos del militar caído más próximo a su posición. Frank hizo lo propio encontrando un juego de llaves en el segundo cuerpo que sondeó.

—Pruebe con estas.

—El coronel las cogió y volvió a entrar en la cabina. Al introducirlas en el contacto el silencio del motor le llenó de frustración. Frank al ver que no arrancaba le dijo que se las devolviera y se dirigió al segundo vehículo. La desilusión inicial de Prado se convirtió en optimismo al llegarle a sus oídos el rugir del motor del camión que le precedía.

—¡Coronel, giré las ruedas y quita el freno de mano! ¡Lo apartaré del cami...

—¡Tenemos que irnos ya! ¡Están subiendo! ¡El ruido del motor los atrae hacía nosotros! —advertencia que vino de la garganta de Julia que se mantuvo en todo momento atenta a cualquier imprevisto.

Prado giró todo lo que pudo el volante hacía la izquierda y tras quitarle el bloqueo corrió al camión en marcha donde la doctora ya había ocupado un asiento. Nada más subirse los primeros venosos, se agolparon contra el carruaje. El vehículo empezó a avanzar con lentitud aplastando a dos de ellos que intentaron trepar por el capó. El parachoques del camión conducido por Frank, abordó la parte trasera del vehículo en cabeza, comenzando así a desplazarlo hasta que éste se despeñó colina abajo llevándose por delante a una docena de infectados que remontaban el collado. Con la vía despejada el muchacho aceleró para poner fin a ese intenso y angustioso momento.

Capítulo 21

Al borde de la hipotermia

La oscuridad sería absoluta si no llegar a ser por la iluminación de los faros del camión. El estruendo que producía el motor, retumbaba en las paredes de la montaña de forma estrepitosa. A pesar de no ver a más de medio metro a través de las ventanillas laterales, presentían que los observaban, que los perseguían. La tensión en el habitáculo era palpable, acentuándose la incertidumbre al empezar a percibir a través de los conductos de aire un fuerte olor a caucho quemado que se iba haciendo cada vez más intenso según pasaban los kilómetros. Al tomar varias desviaciones, la penumbra de la noche se rompió por una refulgente luminosidad. Una curva más a la derecha y hallaron el motivo de aquel esplendor, quedando los tres ocupantes de piedra...

Pedro y Javier, tras pasar una noche de perros sobre aquella roca, estaban al borde de sufrir un colapso cardiaco debido a que los primeros síntomas de hipotermia empezaban a asentarse con peligrosidad en sus cuerpos. Otra gélida noche más allí, tendría un final desastroso para su supervivencia y para evitar que eso sucediera, solo disponían de una opción. Tras asegurarse de que no había ninguno de esos seres en las proximidades se lanzaron al agua para alcanzar la orilla una vez el caudal del rio descendió con menos bravura, logrando su propósito varias brazadas después. Al salir del frío elemento se desprendieron de sus prendas mojadas y agitaron sus extremidades superiores con celeridad e ímpetu para recuperar el torrente sanguíneo y así entrar calor, cuando un ruido entre la maleza provocó el pánico en ellos. Sin esperar a ver que era echaron a correr medio desnudos antes de que sus cuerpos se hubieran recuperado por completo. Con sus miembros inferiores medio adormecidos fueron rebasando árboles y cadáveres hasta dar con un camino de tierra.

—¡Mira! —Indicó Pedro a su pariente al localizar una furgoneta con el logotipo de la empresa de limpieza. Ambos esprintaron hasta el vehículo quedándose gratamente confortados al ver que las llaves descansaban sobre el asiento del copiloto. Javier abrió la puerta ocupando el puesto del conductor e introdujo el mecanismo de arranque en el contacto, mientras Pedro movía la rueda de la calefacción poniéndola al tope de su capacidad. El piloto metió primera y se pusieron en marcha sin reparar en que lo hacían en dirección contraria a la estación de esquí.

Por cada kilómetro que iban devorando la confianza de Javier en su conducción iba en aumento al igual que lo hacía también la velocidad de la furgoneta. Tras varias curvas tomadas a más aceleración de la permitida, y con sus consecuentes sobresaltos, Pedro le pidió a su primo que levantara un poco el pie del acelerador. Éste cegado en su afán de salir de aquel escenario no le escuchó hasta que fue demasiado tarde. El impacto contra un camión militar que se encontraron de frente fue brutal. El vehículo más grande paso por encima de ellos matándolos en el acto al aplastarles el cráneo. El ocupante del carruaje del ejército sufrió la misma suerte al recibir importantes golpes en su cabeza a consecuencia de las vueltas de campana que dio el camión, quedando boca abajo en medio de la carretera. En una de esas rotaciones, se pudo ver como una jaula salía despedida de su zona de carga. El motor empezó a arder con debilidad mientras un reguero de gasolina se le aproximaba con peligro. El conductor de un secundario automóvil que acompañaba al camión logró contra volantear saliéndose de la vía sin poder evitar un segundo y violento impacto contra un robusto árbol.

Capítulo 22

¿Dónde estáis?

Frank salió del vehículo acercándose con rapidez al transporte hundido contra el árbol para comprobar incrédulo, que dentro no había nadie. El coronel y la doctora también abandonaron sus asientos siguiendo los pasos del joven. Frank muy nerviosismo y con gesto turbado comenzó a mirar hacia todos los lados buscando algún indicio del paradero de los ocupantes a la vez que gritaba sus nombres. Prado al oírle gritar apresuró su marcha llegando poco después a su altura. .

—Has perdido el maldito juicio —le dijo a la vez que le tapaba la boca.

Frank poco a poco se fue calmando consciente de su error. Quietud que se volvió a disparar al visualizar el armazón que trasportaba a Silvia abierto. El coronel tras echar un rápido vistazo al escenario del accidente, advirtió que debían salir de allí lo antes posible al ver la proximidad del líquido inflamable a un vivaz fuego que envolvía casi por completo la cabina del camión. Bordearon el obstáculo que les obligaba a seguir el camino a pie llegando al otro extremo, cuando al poco de avanzar se vieron despedidos por la onda expansiva que provocó la explosión del depósito de combustible. Se incorporaron medio aturdidos para ver como las primeras hileras de árboles estaban envueltas en llamas, flamas que se propagaban a gran velocidad a las demás arboledas. Sin tiempo a lamentaciones reanudaron la marcha apresurando el paso. Tenían el augurio de que no estaban solos, sensación que se acentuaba a medida que avanzaban. Según se alejaban del gradual incendio, la oscuridad se volvió hacer dueña de la atmósfera, aunque eso era la menor de sus preocupaciones. La percepción de que los acosaban de cerca se hizo notoria al percibir que alguien se aproximaba hacía ellos a gran velocidad. Fuera lo que fuese se les aparecería en unos instantes. Prado se detuvo desenfundado su Glock y apuntó hacia el interior del bosque guiado por el ruido que ya se percibía prácticamente encima de ellos. Segundos después, una figura emergió del bosque en el punto en el que se encontraban. El coronel sin dudarlo un momento apretó el gatillo…un ciervo herido de muerte avanzó un par de metros para caer abatido a sus pies.

—Acaba usted de matar a Bambi —le dijo Frank provocando que esbozara una pequeña sonrisa con aquel comentario a pesar de la tensión que sufría en sus carnes. Mímica que desapareció en ipso facto al volver a intensificarse el bullicio. A diferencia de la ocasión anterior, lo que se acercaba a su posición era claramente visible al estar sus primeras unidades envueltas en llamas. Sin guardarse un mínimo gramo de fuerzas e intuyendo que no estaban muy lejos del puesto de control, emprendieron la huida, siendo en todo momento conscientes que por muy veloces que fueran sus perseguidores siempre lo serían más acortando la distancia que los separaban a pasos agigantados. Doblaron un recodo para tomar una recta que se encontraba iluminada por grandes focos, y como sucedió la primera vez que Frank intentó salir de la montaña, una voz les informó que se detuvieran. Prado, sin frenar su avance empezó hacer aspavientos hacia el control, cuando un foco se centró en su persona cejándole por unos instantes.

—¡No disparen, es el coronel! ¡Repito, no disparen!

Con el riesgo de morir acribillados solventado se centraron en el verdadero peligro que se aproximaba por detrás a gran velocidad. Los infectados que ardían doblaron la curvatura perdiendo fuelle al empezar a disminuir la tensión sus ligamentos, viéndose rebasados a una velocidad pasmosa por los venosos que no presentaban aquella condición. A pesar de que estaban a menos de quinientos metros del control, iban a ser alcanzados antes de llegar a su establecimiento. Frank al límite de la extenuación e intuyendo que les pisaban los talones, no pudo evitar echar una mirada hacia atrás para ver la proximidad de sus perseguidores. Ojeada que detuvo sus pulsaciones por unos segundos al reconocer a tres de sus perseguidores…

Una fugaz mirada del piloto desveló por los gestos de dolor de Miguel que ya no había ninguna posibilidad de evitar pasar por el quirófano. (Le esperaba una ardua intervención quirúrgica y varios meses de recuperación con el fisioterapeuta). La situación de Sandra tampoco era la más idónea ya que se quejaba con insistencia de uno de sus tobillos. El soldado abandonó el vehículo y ayudó a bajar a la gemela, para acto seguido realizarle un improvisado torniquete, dando a entender que no era el primero que practicaba por la rapidez y soltura con la que procedió. Miguel salió del vehículo por sus propios medios.

—Nos tenemos que mover. La estación ya no queda muy lejos. Yo llevaré a la joven sobre mi respaldo —avisó el soldado a Miguel cuyos estiramientos ya eran del todo inútiles para aliviar su intensa dolencia. Echaron un breve vistazo a ambos vehículos comprobando el lamentable estado en el que habían quedado y el fatal desenlace de sus ocupantes. Sortearon un pequeño terraplén para toparse de frente con la jaula vacía. Esa visión no solo les aterrorizó, si no que les obligó apresurar el paso. Miguel que encabeza la pequeña expedición, volvió ascender la cuneta una vez dejado atrás el obstáculo que bloqueaba la carretera. Ya en la otra cara, se giró para ver como el militar se trastabilla por el peso extra que trasportaba. A pesar del contratiempo, logró mantener a Sandra sobre su dorso. Miguel sin dudarlo retrocedió sobre sus pasos ofreciéndole la mano para ayudarle a superar el escollo. El hombre la aferró con gesto de gratitud justo cuando percibió que algo se aproximaba a gran velocidad, sin poder apenas reaccionar al ver surgir de entre la maleza a una joven con los mismos rasgos faciales que la chica que llevaba sobre su espalda. La venosa se echó sobre Sandra arrancándola los músculos y ligamentos de su pantorrilla. La adolescente contagiada al instante clavó sus colmillos sobre el músculo trapecio del militar desgarrándoselo por completo. Un atónito Miguel intentó apartarse, siendo inútil cualquier esfuerzo por lograrlo, ya que la extremidad que ofreció de asistencia fue su perdición.

—¡Al suelo! ¡Échense al suelo, ya! —Se alcanzó a escuchar al militar que sostenía el megáfono.

La primera en acatar esa imposición fue la doctora. Frank abstraído por completo, desestimó o no percibió aquella orden a pesar de ser alta e inteligible. Si no llega a ser por el coronel que se abalanzó sobre él al verle paralizado hubiera acabado acribillado. Nada más caer sus cuerpos contra la tierra las balas comenzaron a silbar por encima de sus cabezas impactando los proyectiles sobre sus acechantes, sin estar al corriente que la estridencia que forjaba cada disparo estaba atrayendo a todo espécimen infectado hacia ellos. Tras un tiroteo extenso en el que el gasto de munición fue considerable, acabaron con aquella horda. Con un intenso olor a pólvora que monopolizo el ambiente, media docena de militares desmantelaron el puesto de control para prestar ayuda a los tres supervivientes, que a pesar de que le refriega había cesado, no descuidaron su tendida postura, incorporándose solo al notar la presencia cercana de los hombres del coronel. Frank fue ayudado por dos soldados, que le agarraron por los hombros llevándole casi en volandas. En el poco espacio que duró el trayecto no pudo remediar echar un vistazo a aquel festín de vísceras, sangre contaminada y miembros amputados, donde reconocer a alguien era una ardua y compleja labor.

Al llegar al puesto y antes de ocupar los asientos de un Jeep que los trasladaría a la estación de esquí, Prado ordenó que intensificaran el operativo con todos los hombres que estuvieran disponibles. Era difícil saber la cuantía exacta de venosos que quedaban vagando por la montaña ya que ese fin de semana, tanto macizo como complejo invernal, estaban al límite de su capacidad. Pero en lo que no tenía ninguna duda es que tal algarabía se debió sentir en todos los recovecos de la montaña con el peligro que ello conllevaba. Era de máxima prioridad reponer munición y evitar perder aquel puesto de control.

En el viaje hacía el complejo invernal, Frank tuvo tiempo

para comunicarles que en ese grupo estaban Miguel y las gemelas. La doctora no pudo evitar que se le formara un nudo en la garganta al ver la tristeza del joven al relatarlo. Prado mantuvo la compostura y la serenidad en todo momento. Él había perdido muchos hombres en aquella incursión y no disponía de tiempo para lamentaciones.

Antes de alcanzar la estación, un vehículo de mayor tonelaje los adelantó a gran velocidad en dirección a la carpa en la que guardaban la munición y donde medio centenar de hombres se preparaban para reforzar el paso. Al llegar al centro de operaciones, el coronel ordenó establecer un consejo urgente con los demás mandos para informarles de todo lo que habían averiguado sobre aquel virus y las medidas que se debían adoptar a partir de ahora. Antes de reunirse, le comunicó a Frank que siguiera a la doctora y que descansara un poco en una sala que había conexa al laboratorio. Él, lo único que deseaba, era volver junto a sus seres queridos e intentar olvidar aquella pesadilla. Aunque era consciente que para que eso sucediera todavía tenía que pasar por un angustioso proceso de cuarentena. Al llegar al sótano accedió a la sala donde encontró un sofá mediano de tres plazas y una mesa rodeada de varias sillas, donde un pequeño bufete de bollería depositados la mañana del día en el que todo estalló hacía de centro de mesa. A pesar de que su estómago gruñía sugiriéndole que comiera algo, Frank solo se limitó a sosegarse un poco en el diván ansiando dormirse y que al despertar todo hubiera sido un mal sueño.

Mientras tanto en la sala limítrofe, la doctora había pasado el contenido del tubo de ensayo a una jeringuilla llenándola en el ochenta por ciento de su capacidad, lo suficiente para una dosis. A continuación, dejó caer una gota sobre un cristal que posaba en la platina de un microscopio y empezó a examinar la molécula.

Capítulo 23
El tiempo se agota

El militar, posicionado en lo alto del Hammer y encargado de la Browning M 2 que el vehículo presentaba en su torreta, se le empezaba a acentuar el nerviosismo que provocaba la escasa munición. Para mitigar la tensa espera de suministros, extrajo un paquete de tabaco de su chaleco táctico Woodland llevándose un cigarro a la comisura de los labios, mientras el sudor le caía por las mejillas más por la tensión que por el calor. Comenzó a tantear los bolsillos restantes hasta localizar el encendedor. Al sacarlo, éste se le enganchó en la cremallera sin poder evitar que se perdiera dentro del compartimento del vehículo. Inclinó la cabeza localizándolo cerca de sus botas Magnum. Se encorvó un poco según estiraba el brazo para afianzarlo de nuevo con los vértices de los dedos, pero al erguirse de nuevo y volver a echar la mirada al frente, el cigarro hizo el mismo recorrido que el encendedor…

El soldado que se desplazó a por la munición estaba

terminando de llenar el camión con todos los proyectiles que podía llevar con la ayuda de varios compañeros. Cargó una última caja con balas del calibre 7.62 x 51 mm, cuando procuró toda su atención al mensaje que salió de la radio que poseía el vehículo.

—¡Necesitamos esa maldita munición ya! ¡Están saliendo por todos los sitios! ¡Son demasiados, no podremos cont... los...mu...tie...po. —Esa última frase la percibió distorsionada al acoplarse el ruido de las primeras detonaciones. Poco después, el eco de las descargas se adueñó de la frecuencia. El militar subió al camión cargado con los suministros cruzando la estación a toda velocidad. El conductor permanecía en todo momento atento a la emisora cuando inesperadamente dejo de emitir cualquier tipo de resonancia. A punto de alcanzar su destino, obtuvo la respuesta del porqué de aquella incidencia. El piloto pisó el freno originando que el pesado vehículo derrapara por sus ruedas traseras formándose una enorme polvareda. El hombre quedó paralizado sin saber cómo reaccionar por la descomunal horda de venosos que se le aproximaba. En un soplo de lucidez echó mano a la radio para pronunciar la siguiente advertencia antes de que le sobrepasaran por encima con la fuerza de tsunami.

—El puesto de control a caído, repito el pues...

A Frank poco a poco los parpados le fueron venciendo por el cansancio que llevaba acumulado tras aquellas intensas jornadas, y cuando parecía que caería en un profundo sueño se avivó sobresaltado al percibir que alguien bajaba las escaleras con apremio. Situación que provocó que abandonara su cómoda posición y se dirigiera tenso y extrañado hacía la salida para ver que sucedía, advirtiendo como la doctora se reunía con él en el pasillo. La puerta que se interponía con aquellos dos módulos, se abrió para ver como el coronel hacía su aparición con un ostensible semblante de preocupación. En su mano derecha sostenía un walkie talkie donde se intercalaban los gritos de auxilio con los disparos. Ambos le miraron incrédulos esperando una explicación que les llegó como un jarro de agua fría.

—Recoja sus cosas doctora, tenemos que irnos. Han roto el control de seguridad y han entrado a la estación.

Julia temblorosa introdujo la jeringuilla con la dosis en el maletín, mientras Frank se colocaba su inseparable mochila ajustando con fuerza sus cintas de comprensión. Ascendieron las escaleras con cautela y al llegar a la puerta, el coronel procedió con su apertura despacio, para asomar la cabeza y ver como un grupo de venosos ya había irrumpido en la recepción del hospital echando instintivamente mano a su arma. La imagen del cinto sobre la mesa de reuniones se manifestó en su cabeza. Obstruyó la puerta con un pestillo que ésta poseía a media altura y con una seña militar les indicó que volvieran a descender.

—Están dentro, no los he podido contar pera habrá más de media docena —les informó a la vez que dejaba el walkie encima de la mesa y se dejaba caer sobre una de las sillas. Por primera vez en mucho tiempo se pudo ver a aquel hombre desolado. Abatimiento que también se apodero de los otros dos miembros que le acompañaban, quedando la sala en un mutismo absoluto roto solo por una débil comunicación que captó el intercomunicador dejándolos pasmados.

—Protocolo d…actuación nivel…un…activado, bombardeo sobre…estación…en treinta minut...os.

—¡¿Van a arrasar la estación!? —Dijo un escéptico Frank al no poder creer aquel comunicado—. No pueden hacer eso ¿Tiene que hacer algo coronel? ¿Usted puede evitarlo, verdad?

El oficial aferró el walkie talkie y comenzó a hablar sin parar de identificarse, dando en todo momento las coordenadas en las que se encontraban. Operación totalmente infructuosa por el limitado alcance de aquella emisora.

—¿Qué vamos hacer coronel? —volvió a preguntar en esta ocasión la doctora.

Éste le miró a los ojos para poco después fijar la mirada en el maletín que sostenía.

—Puede que todavía tengamos una posibilidad. En la segunda planta hay una radio con el suficiente alcance para establecer comunicación. Intentaré llegar hasta ella —les informó a la vez que manipulaba se reloj para ponerlo en cuenta atrás, estando al tanto que ya se habían consumido unos minutos desde que escucharon el mensaje. Frank hizo lo mismo con su pulsómetro. El coronel antes de volver a ascender los peldaños, accedió al laboratorio del que regresó sujetando un bisturí. Llegó a la puerta y echó una breve ojeada al reloj informándole el mecanismo que les quedaba veintitrés minutos. Corrió el dispositivo de cierre para ver con impedimento que un infectado ataviado con una chaqueta térmica y botas de esquiar, había llegado al otro extremo del corredor interponiéndose en su camino. Esperó unos segundos y aprovechó el momento en el que le ofreció la espalda para avanzar hacia él con sigilo. Al llegar a su altura le hundió la herramienta quirúrgica penetrando por su nuca con la facilidad que uno corta mantequilla. Lo abrazó por el pecho y lo dejó caer para evitar el ruido que haría el cuerpo al desmoronarse. Con el escollo fuera de combate progresó hacía el segundo nivel. Al llegar a la planta está a primera vista, parecía limpia de venosos. Sin bajar la guardia, se dirigió a la habitación número cinco. Donde tenía que haber una cama para pacientes, se localizaba una mesa con una radio modelo Morcom 1.6 – 30 MHZ. Descolgó el receptor y comenzó a mover el cilindro de frecuencia sin dejar en ningún momento de pronunciar su identificación militar seguido del siguiente mensaje.

—Me recibe alguien, cambio. —A la tercera repetición obtuvo respuesta.

—Sí, le recibimos ¿Cuál es su posición?

—Escúcheme, no tenemos mucho tiempo. —Le informó a la vez que miraba de nuevo el tiempo que le restaba—. Busque al comandante Rodríguez y dígale quien soy, es de vital importancia.

A través del aparato se escuchó el chirrido característico de una silla al ser arrastrada, para luego hacerse el silencio absoluto durante unos interminables treinta segundos, roto solo por unos pasos al aproximarse a la carrera.

—¿Coronel, es usted? Espero que haya podido salir de la estación, ese complejo se va convertir en un auténtico infierno en doce minutos.

—No maldita sea, seguimos dentro. La doctora Julia y un superviviente permanecen escondidos en el sótano del hospital. Yo le estoy llamando desde la segunda planta. Tiene que detener el bombardeo.

—Coronel, usted sabe mejor que yo que no puedo acatar esa orden. Nuestros aviones de reconocimiento nos han informado que el mayor núcleo de infectados se encuentra en esa instalación. Es nuestra oportunidad de acabar con esto. La consigna viene de arriba, lo siento corone…

—¡Tenemos una vacuna…

Capítulo 24

Últimos diez minutos

Frank miró su cronometro para ver con temor que la cuenta atrás había llegado a sus últimos diez minutos. La doctora, por lo contrario, se hallaba dando buena cuenta de una pequeña caña de crema embalada en su envoltorio de plástico manteniendo así todavía su frescura. No era el momento más apropiado de ponerse a comer pero era su forma de paliar los nervios, ya que no fumaba desde sus tiempos de universitaria, aunque en esos momentos de tensión mataría por unas caladas. Frank se le unió y cogió un croissant que desechó nada más tantearlo. Aquel bollo perfectamente podía servir como arma arrojadiza contra esas cosas por su dureza. Se incorporó de nuevo y sin poder remediarlo volvió a ojear los dígitos del mecanismo lijado a su muñeca.

—El tiempo está concluyendo. ¿Crees que habrá consegui...—La estridencia que producían los reactores de los cazas aproximándose contestaron su duda, entrando la cuenta en su último minuto. Julia se levantó sobresaltada, dejando caer el pedazo de bollo que le quedaba por ingerir. El ruido de los aviones casi ensordecedor, era el indicativo de lo que se avecinaba. Desolados, alzaron sus miradas hacia el techo convencidos que en breves instantes estarían sepultados por sus escombros. Tras una pausa prolongada, no sucedió lo que ellos presagiaron que ocurriría.

—¡Pasan de largo, pasan de largo! —gritó Frank al sentir como el ruido de los motores se iba difuminando.

La doctora abrió la boca para decir algo en referencia al coronel cuando éste surgió por la puerta.

—Lo ha consegui...

—Volverán. No tenemos tiempo que perder...

Instantes atrás.

—¡Tenemos una vacuna!

—¿Una vacuna?

—Es una larga historia y ahora mismo de lo que menos disponemos es de tiempo, pero como ya sabrá recibimos una llamada de un joven que nos comunicaba que había dado con una instalación subterránea. Es el mismo superviviente con el que nos encontramos. No se puede imaginar lo que hemos descubierto en su interior. Hay grabaciones que revelan cómo empezó todo. Una de esas cintas nos llevó a localizar una inoculación...hágase esta pregunta...¿Qué sucedería si alguno lograse escapar y llegara a la civilización? —Se hizo una breve pausa en la locución, rota por el comandante.

—¡Joder! No se retire. —El oficial se ausentó un efímero espacio de tiempo sin llegar a consumirse ni el minuto.

—Coronel, esto es lo que vamos hacer. Ponga mucha atención porque solo dispondrá de diez minutos más. En estos momentos un helicóptero de combate se dirige hacia el helipuerto. Si transcurrido ese tiempo no han logrado llegar a la azotea, el aparato izará el vuelo. Lo que ocurrirá a continuación no hace falta que se lo diga. Suerte y rezaré por ustedes.

Prado cesó la comunicación y salió de la estancia dirigiéndose a la sala de reuniones donde se volvió apoderar de su arma poniendo de nuevo rumbo al sótano...

—Julia, ocurra lo que ocurra esa vacuna tiene que salir de aquí. —Le notificó a la vez que comprobaba el cargador de la Glock para ver que le faltaban tres proyectiles, sin poder evitar que el recuerdo del teniente le viniera a la mente. Amartilló el arma sin miramientos ya que la discreción había pasado a un segundo plano. Si alguna de esas cosas se interponía en su camino, no dudaría en meterle una bala en su sistema nervioso central, y por la intensificación del bullicio en la recepción ese cometido cobraba fuerza. Les describió con brevedad cual era el camino que tenían que hacer para llegar al helipuerto y se pusieron en marcha.

Al ascender las escalinatas y abrir la puerta, vieron como el grupo de venosos había aumentado a una docena. Varios de ellos estaban posicionados en la dirección por la que saldrían. El reloj informaba que les quedaban seis minutos.

—Contaré hasta tres y saldremos todo lo rápido que podamos. Doctora usted será la primera. Yo lo haré el último y cubriré la posición...uno, dos y tres.

La imagen parecía sacada de las mejores películas de terror. Los únicos tres supervivientes que quedaban en la instalación, corriendo hacia unas escaleras seguidos por un grupo de venosos colmados de furia. En pocos metros les recortaron una distancia alarmante que ponía en serio peligro el devenir de que aquella evasión finalizara con éxito. Al poco de empezar el ascenso hacía la segunda planta, el coronel se detuvo a mitad de camino, percatándose Frank de tal acción.

—¿Qué hace coronel? ¡Continué, lo podemos lograr!

—¡Si no los contengo no lo conseguiremos! ¡Corred! ¡Solo quedan cuatro minutos!

El ruido de los rotores del helicóptero ya se percibía con claridad.

—¿Y el coronel? —Le preguntó la doctora que se había detenido en medio del pasillo del segundo nivel al ver que avanzaba sola. Frank no le respondió, cogiéndola de la mano al llegar a su posición y tiró de ella justo cuando las detonaciones provenientes del arma de Prado empezaron a ser sonoras, aclarando así la incertidumbre de Julia. Les quedaban dos minutos…

Empezaron a subir el último intervalo de peldaños que les separaba de su salvación cuando se tuvieron que detener apenas sobrepasaron el descansillo al encontrarse un venoso al final del tramo de escaleras. Frank quedó estupefacto al verlo, sin poder dar crédito a lo que sus ojos veían, ya que no era un venoso más. Ya había visto a esa persona en una instantánea al lado de un perro y la primera infectada que les atacó. La prórroga entró en sus decisivos sesenta segundos.

Los disparos de la Glock del coronel dejaron de sonar en el preciso instante que el infecto se precipitó sobre Frank, provocando por la fuerza de la embestida, que su espalda impactara con brusquedad contra el tabique del descansillo amortiguando el golpe su inseparable mochila. El joven en un gesto rápido y estando al tanto de cuáles eran las vías de infección de esos seres, interpuso su antebrazo izquierdo sobre el cuello del atacante a la vez que simultáneamente situaba la mano derecha con la palma abierta sobre su frente evitando con esa maniobra la intención del venoso. Era la segunda vez en menos de veinticuatro horas que tenía un infectado a menos de diez centímetros de su cara lanzándole sus temibles dientes a diestro y siniestro. Sin embargo y a diferencia de la primera ocasión, no contaba de la ayuda de Miguel para librarse de él. Frank empezó a flaquear desviando la mirada a una paralizada doctora pidiéndola ayuda con ese gesto. Los pasos de los infectados se escuchaban ya cercanos, y lo que era aún peor. La cuenta había entró en sus decisivos últimos treinta segundos.

La doctora desconcertada y advirtiendo el camino negativo que estaban tomando las eventualidades, y consciente de que solo disponía de un objeto para intentar cambiarlos, abrió el maletín y extrajo la jeringuilla con la dosis. Se acercó al infectado y clavó la aguja en su dilatada vena carótida, suministrándole todo el contenido en su organismo esperando que conservara sus propiedades después de más de medio siglo. La operación de rescate entró en los últimos diez segundos, nueve, ocho...

Al poco de que la vacuna empezara a recorrer sus arterias, Frank notó como la presión que ejercía el venoso, se iba diluyendo hasta caer en un profundo letargo. Se lo quitó de encima, y cuando se disponía a reanudar la marcha la doctora frenó su ímpetu.

—¡Nos lo tenemos que llevar con nosotros! ¡Tiene la vacuna dentro!

Sin tiempo para debatirlo, Frank cogió al infectado y se lo echó sobre su hombro emprendiendo a subir con rapidez los últimos peldaños, seguido de cerca por la doctora. Un segundo, cero...

Con el tiempo concluido, el helicóptero inició a elevarse, mientras los cazas se aproximaban para descargar sus misiles sin ninguna otra opción disponible.

—¡Estamos aquí, estamos aquí! —gritaban a la vez que hacían aspavientos desesperados al ver como el autogiro se izaba.

—¡Son ellos, todavía podemos subirles! ¡Mantenga el aparato! —ordenó el soldado que se encontraba en la zona de carga. El piloto con gran pericia mantuvo el helicóptero estático apenas a metro y medio del tejado. El primero en subir al aparato con la ayuda del militar, fue el cuerpo inerte de Alberto, en el momento que el suboficial apostado en la M 134 la ponía en funcionamiento sobre los venosos que empezaban a asomar por el torreón.

Con ambos puestos a buen recaudo en la zona de carga del helicóptero éste se elevó justo cuando las bombas empezaron arrasar el complejo invernal poniendo así fin a un incidente que acababa de irrumpir con fuerza en los libros de historia.

Capítulo 25

Volviendo a la normalidad

Todos los supervivientes fueron trasladados a una base militar situada a las afuera de la ciudad. A Frank y Julia los recibió el comandante Rodríguez ansioso por tener la inoculación en su poder, ya informado del trágico final del coronel. Tras una larga reunión donde la doctora le puso al corriente de todo, incluido donde se localizaba mencionada vacuna ambos fueron puestos en cuarentena según establecía el protocolo de actuación. Durante esas veinticuatro horas de exhaustivos controles médicos el ejército estabilizó el incendio y recompuso sus debilitadas filas para hacer una exhaustiva incursión en la que acabaron con todo foco de existencia venosa que quedó desperdigado por el macizo. Operación que no les fue dificultosa ya que el motivo por el que no llegaron a la estación de esquí fue a causa de las importantes fracturas y lesiones que presentaban.

Una vez transcurrido el periodo de cuarentena, la doctora sin tregua alguna, fue reubicada en una sala de máxima seguridad donde se reencontraría con el inanimado cuerpo de

Alberto, que permanecía fuertemente amordazado a una camilla cuyas patas estaban ancladas al piso.

Frank, sin embargo debía pasar un largo proceso bajo las intensas sesiones proporcionadas por psicólogos, y con ese futuro por delante le llegó el ansiado momento de volver al lado de sus seres queridos. Ataviado con un chándal militar, cogió sus pertenencias y subió a un jeep militar encargado de trasladarle a su domicilio. Tras un viaje de más de dos horas, llegaron a una urbanización de chalets situada a unos veinte minutos del centro de la ciudad. El peculiar taxi se detuvo en el número 56. Frank suspiró un par de veces intentando templar su ansiedad antes de abandonar el vehículo. Una vez superada su impaciencia avanzó con paso dubitativos hacía una primera puerta de hierro de hoja plana pintada de forja metálico negro y cuando se disponía a pulsar el timbre, reparó en la voz del soldado que le había llevado hasta allí.

—¡Caballero! se olvida la mochila.

Frank retrocedió sobre sus pasos y se apropió de nuevo de su inseparable bolsa despidiéndose del hombre uniformado. Pulsó la señal acústica percibiendo segundos después un sonido pronunciado de la cerradura que informaba que ya podía entrar. Apenas progreso sobre un camino de adoquines cuando de una segunda puerta blindada salieron con vivacidad una pareja que rondarían las sesenta primaveras. Por detrás de ellos lo hizo su hermana, una joven adolescente a punto de cumplir la mayoría de edad. Al llegar a él, los cuatro se fundieron en un largo y emotivo abrazo. Entre besos y arrumacos Frank puso el primer pie dentro del hogar sintiéndose por primera vez seguro tras la vivencia de aquellos terroríficos días. El olor a comida casera que llegaba de la cocina lo hizo todavía más reconfortante.

La madre había preparado un fantástico potaje de garbanzos, espinacas y bacalao que saciaría las penumbras alimenticias sufridas por su progenitor en esas intensas jornadas. Un fabuloso pudin de chocolate seria el postre de aquel festín culinario. Durante el transcurso de la comilona no hablaron de lo sucedido. Preguntas tenían una infinidad, pero el trabajo del psicólogo ya había comenzado con la familia dándoles una primera sesión en las que se les recomendó establecer unas pautas. Entre ellas, no tocar el asunto hasta que no pasara primero por su consulta.

Con el estómago atiborrado, Frank solicitó permiso para dirigirse a su cuarto. Se levantó de la mesa y tras cruzar el salón llegó al recibidor, donde antes de emprender el camino al segundo nivel del chalet agarró la mochila que reposaba al ras de los primeros peldaños. Al llegar a la planta accedió a una amplia habitación encaminándose directo al cuarto de baño que disponía la alcoba. Abrió el grifo del agua caliente de la ducha, se desnudó y se adentró bajo los chorros una vez el elemento cogió la temperatura adecuada. Una vez finalizada una larga y relajante ducha se puso su albornoz, saliendo del baño para dejarse caer sobre la cama, momento en el que el recuerdo de los rostros de Miguel, Susana, las gemelas, y como no la de sus amigos, iniciaron a florar en su cabeza. Era consciente de que nada servirían las numerosas sesiones recostado en el sofá de la consulta del especialista contando su aterradora experiencia, ya que jamás podría olvidar esa pesadilla. Era la pesada losa que debía soportar el resto de sus días al ser el único superviviente de un grupo que prácticamente vivió todo desde su origen.

Con todos los recuerdos agolpándose en su cabeza hizo un esfuerzo, intentando pensar en otra cosa lográndolo al venirle a la mente la figura de Eva, su novia desde el instituto. Se volvió a incorporar y del primer cajón de una mesita de noche situada a su derecha donde reposaba un despertador y una foto de la bella joven, sacó un cargador de móvil para dirigirse de nuevo al aseo. Coordinado con un sonoro bostezo metió la mano dentro de la mochila en busca del apagado teléfono. Tras rebuscar a ciegas el aparato, un escalofrió le recorrió todo el cuerpo al sentir una leve punzada. Una enorme sensación de quemazón comenzó a subirle por el brazo a la vez que el corazón se le aceleraba, haciéndose visible la sudoración en todos los poros de su organismo con celeridad. Al sacar la extremidad vio con estupefacción que tenía un pequeño corte en su dedo meñique. Extrañado y tembloroso volcó todo el contenido de la mochila sobre las pulcras baldosas del baño, helándosele el alma al ver que era lo que le produjo la incisión. Del interior de uno de sus guantes, cayeron varios fragmentos de cristal impregnados con el contenido de uno de los botes que cogió en aquella instalación como prueba. Aterrado desvió la mirada al espejo para ver como las arterias de su cuello se inflamaban, a la par que sus globos oculares se sumían en la más aterradora oscuridad.

Epílogo

Tomás, recibió el alta médica de los primeros tras completar con satisfacción los intensivos e inevitables controles que establecía la agencia nacional de enfermedades y epidemias. Una vez finalizado el incómodo proceso, se trasladó a su pequeño apartamento situado en un céntrico y humilde barrio de la capital, donde vivía en la soltería desde hace casi seis meses, ya que lo dejó con su novia tras cinco años por desavenencias irreconciliables en la convivencia. De nada sirvió en esta relación las segundas oportunidades.

Cuando abrió la puerta las paredes del pequeño apartamento se le vinieron encima. La soledad tampoco fue de gran ayuda en su intento de olvidar lo sucedido e ir volviendo poco a poco a la normalidad. Se acercó al teléfono para ver que tenía un gran número de llamadas perdidas en el contestador, desechando escucharlas por el momento. Se aseó, se puso muda limpia y almorzó algo rápido antes de trasladarse a la central de bomberos en su scooter de 125 centímetros cúbicos ideal para salvar cualquier tipo de atascos del día a día de una saturada y contaminada urbe.

Al llegar se dirigió sin titubeos al despacho del jefe del cuerpo, en el que tuvo lugar una reunión que duró más o menos una hora. En ella se tocaron básicamente dos temas: su estado emocional y que debería tomarse unos días de baja, descartando Tomás al instante esa opción, ya que pensó que el mejor homenaje a sus compañeros caídos en la estación mientras ejercían su labor, sería seguir trabajando para la ciudadanía. Es más, lo sabía a ciencia cierta pues ese tema lo habían abordado en alguna que otra conversación. Las horas de espera en las que no sucedía ninguna incidencia daban para mucho más que jugar a las cartas.

Su superior insistió en que era lo mejor para él, pero una vez le explicó el motivo de su negativa, éste la aceptó y comprendió, designándole a su nuevo destino en pleno centro de la capital. No había otra ubicación mejor donde poder intentar olvidar los terribles sucesos vividos en su antiguo destino por las continuas llamadas de emergencia que se producían. Estación, por otro lado que no era nueva para él, ya que antes de ser trasladado al complejo invernal fue su designación en los primeros años en el cuerpo tras aprobar las oposiciones. Al llegar saludó a sus antiguos compañeros y se presentó a los miembros del cuerpo que no tenía el placer de conocer. Tras una breve charla, se dirigió a por su nuevo equipo ignífugo. Comprobó que lo tenía todo y se acercó a una sala donde se ubicaban varias taquillas y literas. Estancia que los bomberos usaban para dejar sus objetos personales y descansar un poco cuando no entraba ninguna llamada de emergencia. Introdujo el vestuario en el casillero y ocupó la cama de la parte de arriba de la literas más próxima al único ventanal que disponía esta, sin apenas durar un par de minutos recostado al sobresaltarse a consecuencia de la estridencia que provocó la sirena del centro, anunciando que había una urgencia. Saltó de la litera y comenzó a colocarse el equipo con rapidez y a falta del casco, escuchó los murmullos de algunos de sus compañeros provenientes de una sala anexa que se usaba de comedor. Extrañado se acercó pensando que el aviso debía de tratarse de algo de mayor alcance que el de acudir a la llamada de una despistada ama de casa al dejarse el fuego encendido, o de la asidua rotura de alguna tubería de agua. Al acceder vio a sus nuevos camaradas agolpados alrededor de un televisor. Se abrió paso entre ellos quedando paralizado y ojiplatico al ver las aterradoras imágenes de agresividad que proyectaba el aparato de las calles de un distrito de chalets asentado en la periferia.

—¡No puede ser! ¡No puede ser que este volviendo a ocurrir! —exclamó, provocando que todos los asistentes en la sala se volvieran hacia él.

231

AGRADECIMIENTOS

No podía pasar la oportunidad de agradecer a todos los que me habéis apoyado en esta etapa de mi vida.

Quería mencionar a unas personas concretas empezando por Mery. Gracias por ser mi lectora cero y hacer que esta historia crezca gracias a tus consejos.

Gracias a Marco Gómez Gómez, por la magnífica portada realizada.

Gracias a Aitor Heras Rodríguez, por resolverme las muchas dudas que me han ido surgiendo en este complicado mundillo.

Gracias a mi mujer y a mi hijo por soportarme diariamente durante las horas que he pasado enfrente del ordenador absorto en mis pensamientos.

Gracias a mi madre y a mis hermanos por creer siempre en mí.

Gracias a la editorial Egarbook por confiar en este proyecto.

No me podía despedir sin agradecer a todos los que ahora mismo estáis leyendo estas líneas ya que significaría dos cosas. Una que habéis empezado el libro al revés, y la segunda que habéis terminado de leer la novela. Si es este segundo caso espero que hayáis pasado un rato entretenido puesto que esa era mi única pretensión. Gracias a todos y espero contar con vosotros en futuras publicaciones.

OTROS LIBROS
RECOMENDADOS

David Carrasco
Una historia conmovedora

BESTSELLER

3ª EDICIÓN

EB

CAMINA CONMIGO

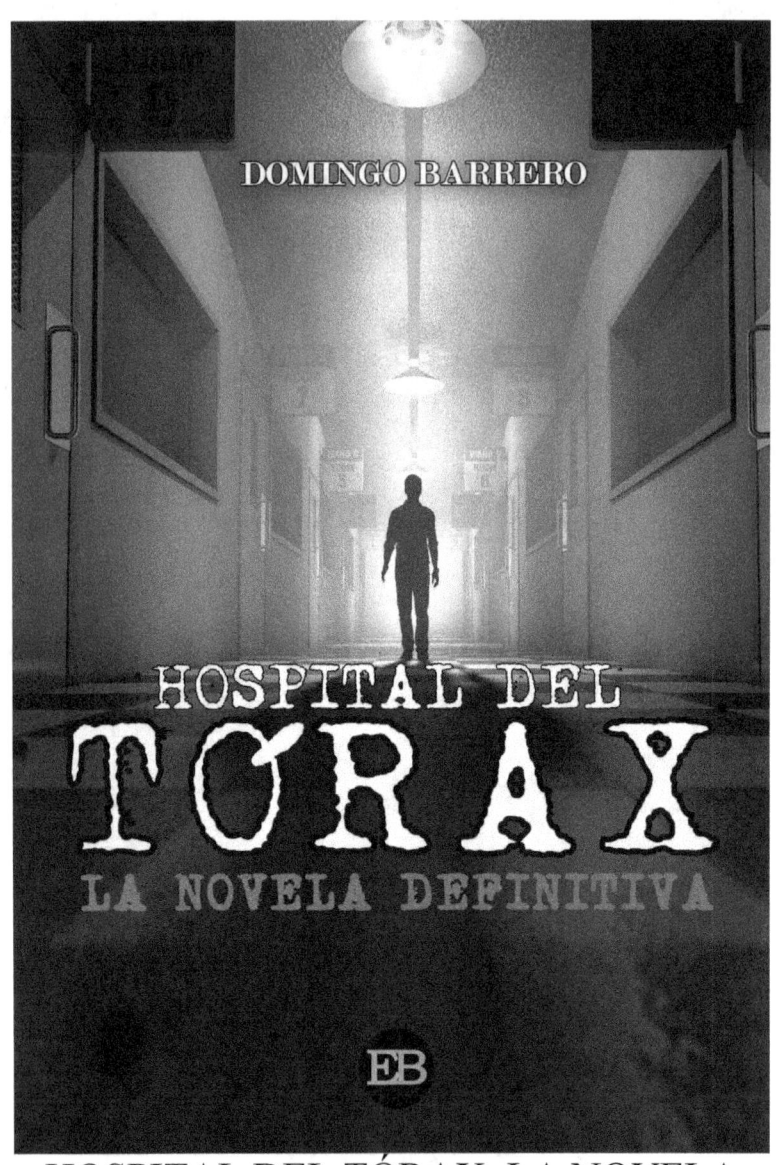

HOSPITAL DEL TÓRAX: LA NOVELA
DEFINITIVA

DEJA DE AUTOAYUDARTE Y ACTÚA

Carlos Bella

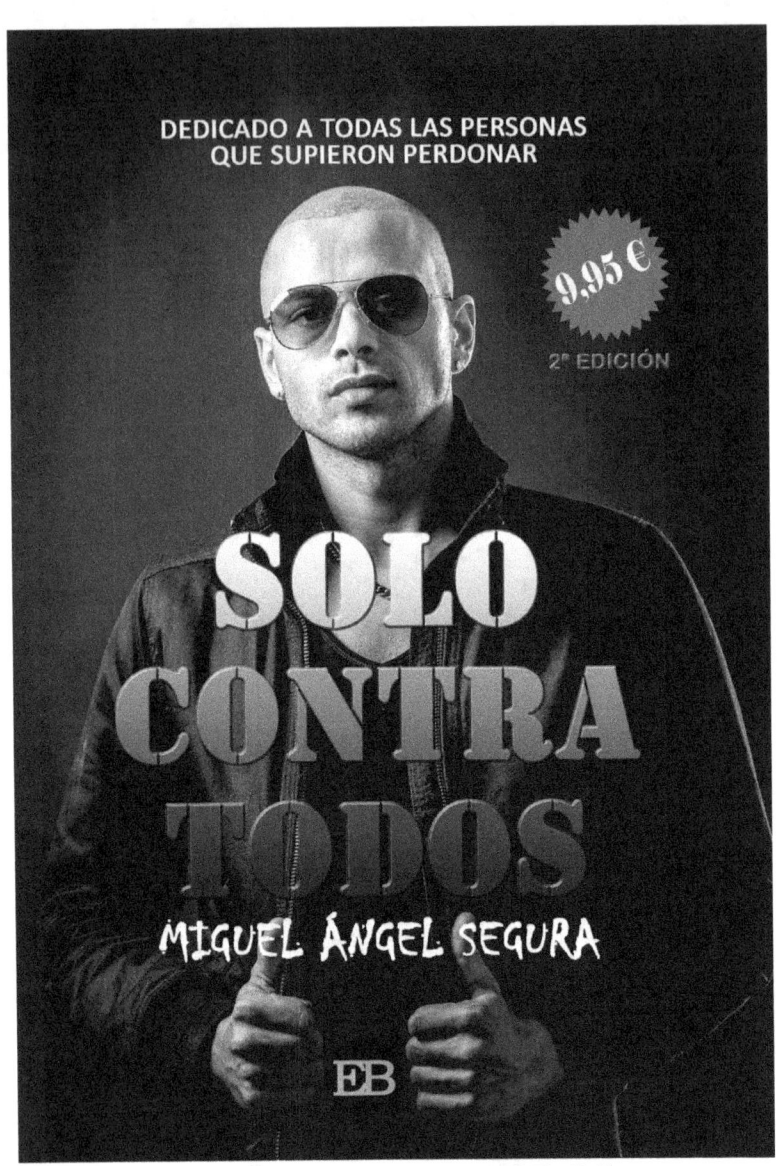

SOLO CONTRA TODOS

Carlos Bella

DEJA DE AUTOAYUDARTE Y ACTÚA

SOLO CONTRA TODOS

MUNDO PARTIDO

MÚSICA PARA UN MAR DE DUDAS

www.egarbook.com